疎遠になった幼馴染をセフレにしてみた【初恋リベンジ編】

水鏡

フランス書院文庫

疎遠になった幼馴染をセフレにしてみた【初恋リベンジ編】

●もくじ

疎遠になった幼馴染をセフレにしてみた
【初恋リベンジ編】

第一話　幼馴染をセフレにしてみた

見慣れた自分の部屋にぴちゃぴちゃと淫らな水音が響いている。

俺はベッド脇に腰かけ、膝を大きくひらいた体勢で股間から伝わってくる快感を楽しんでいた。

視線を少し下げると、俺のいきり立ったペニスに懸命に舌を這わせている幼馴染——佐倉花恋の顔が見て取れる。

率直に言って、佐倉はひどい顔をしていた。

眉間に刻まれた深いしわ。泣き疲れて腫れぼったくなった目。唇の端から垂れ落ちたよだれ。フェラのために床に両手をつき、舌を伸ばしながらハァハァと荒い息を吐く姿は犬のようだ。

そんなことを考えながら、俺は無言で佐倉の頭に手を伸ばすと、肩口まで届くミディアムボブの髪に触れた。そして、そのまま指で髪をすいて幼馴染の髪の感触を楽しむ。

手入れされた髪は絹のようになめらかで触り心地が良かった。それにくわえ、彼氏でもない自分が女の子の髪を好き勝手に触っているというシチュエーションが、俺の中の征服欲を心地よく刺激する。

自然、股間のモノが硬さを増した。

「い、やぁ……っ」

肉棒の怒張に気づいたのか、佐倉が泣きそうな顔で悲痛な声をあげる。ただでさえ止まりがちだった舌は、今や完全に動きを止めていた。

俺は髪を撫でていた右手を止めると、相手の後頭部をぐっとつかんで幼馴染の顔を強引に股間に押しつける。佐倉はくぐもった悲鳴をあげて俺の股間から顔を離そうとするが、もちろん逃がしはしない。

俺は左手も使って両手で相手の頭を固定すると、さらなる奉仕を要求した。

「早くなめろ」

それを聞いた佐倉は許しを乞うように上目づかいで俺を見る。

「ねえ、春日くん。もういいでしょ？　もう許してよ……」

涙で濡れたつぶらな瞳が俺を見上げている。

こうして至近距離で向き合うと、佐倉の長いまつ毛や整った顔立ちがよくわかる。どれだけ顔が嫌悪で歪み、涙で濡れていても——いや、そういう状態だからこそ、余計に容姿の美しさが際立っていた。

子供の頃から目立つ容姿の持ち主ではあったが、最近はさらにあか抜けた感があり、こんな状況だというのに俺は佐倉の顔から目が離せなかった。

こんな綺麗な幼馴染に涙ながらに「これ以上ひどいことはしないで」と訴えられて、心が痛まなかったと言えば嘘になる。

なにしろ俺がやっているのは、相手の弱みを握ってフェラを強要するという議論の余地なきゲス行為。おまけに向こうは俺にとって幼馴染であり、初恋の相手であり、なおかつ彼氏持ちである。その事実にいやおうなしに罪悪感を刺激される。

黙り込む俺に希望を見て取ったのか、佐倉がさらに言葉を重ねてきた。

「お願い、春日くん。こんなこと、もうやめよ？　今日のことは誰にも言わないから」

鈴を転がすような澄んだ声。子供の頃はこの声で「真（まこと）くん」と自分の名を呼ばれるのが好きだった。

しかし、三年前に佐倉に彼氏ができたことで、俺への呼びかけは「真くん」から「春日くん」に変わってしまう。代わりに「真くん」と呼ばれるようになったのは佐倉の彼氏、九条真（くじょうまこと）だった。

そう。何の因果か、俺と佐倉の彼氏は同名だったのである。

佐倉が自分以外の男子と付き合いはじめたこと、そして子供の頃から続いていた俺への呼び方をあっさり変えてしまったこと。

当時の俺はこの出来事に打ちのめされた。幼馴染という関係性に特別なものを見出していたのは自分だけであり、佐倉にとって俺は「家が隣同士の同級生」くらいの認識しかなかったのだ。

そのことをこれ以上ないくらいはっきりと突きつけられた出来事を思い出した途端、俺の中にわだかまっていた佐倉への罪悪感が嘘のようにかき消えていく。

俺と佐倉は家が隣同士の同級生というだけの関係だ。そして、俺は隣家の彼氏持ちの同級生の弱みを握ってセフレにしようとしているクズである。

あらためて自分の心にその事実を刻み込んだ俺は、佐倉を見て小ばかにするように笑った。

そして、ベッドシーツの上に置いておいたスマホを手に取って、今から二時間ほど前に撮影した動画を再生する。

スマホの画面に映し出されたのはサッカー部の部室だった。ときおり部員たちのかけ声が聞こえてくることから、部活の最中に撮られたものだとわかる。

ややあって画面の向こうから聞きおぼえのある女子の声が聞こえてきた。

『ねえ、真くん、また部室でするの？　皆に見つかっちゃったら……』

ささやくような声音は雑音にまぎれて聞き取りにくかったが、画面にははっきりジャージ姿の佐倉が映し出されている。

しばらくすると、別の男子の声がスマホから聞こえてきた。

『大丈夫さ。これまでだって見つかったことないだろ？　だから、ほら、花恋』

声と共に画面にあらわれたのは、サッカー部の二年生エースにして佐倉の彼氏である九条真だった。

少し遅れてためらいがちな佐倉の声が響く。

『でも、皆に悪いよ。せめて部活が終わってからにしよ？』

『なあに、マッサージみたいなものだよ。選手の疲れを癒すのもマネージャーの仕事さ。だから……な、花恋、いいだろ?』

急かすように自分の名前を呼ぶ九条に対し、画面の向こうの佐倉はわずかにためらう様子を見せたが、すぐに意を決したようにジャージのファスナーを下ろすと、ジャージの下の体操服の裾をつかんでぐっと首元までたくし上げた。

すると、それまで服地に押さえつけられていた豊満なバストが弾むようにまろび出て、ペールピンクの上品なブラジャーが外気にさらされる。

グラビア雑誌の表紙を飾ってもおかしくない佐倉の巨乳は男子たちの注目の的だった。彼氏としてその胸を好きにできる九条をねたむ者は掃いて捨てるほどいる。

かくいう俺もそのひとりだった——つい先ほどまでは。

しかし、今は違う。ネットでこの動画を拡散させれば、佐倉の学園生活が波乱に満ちたものになることは間違いない。サッカーで卒業後のプロ入りを噂される九条にとっても無視できない醜聞になるだろう。

佐倉にしてみれば、自分のためにも、彼氏のためにも決して外に出せない動画だ。必然的に、佐倉はこの動画を所有している俺に逆らうことができない。

画面の向こうでは九条がサッカー部のユニフォームを脱ぎ捨て、さらに下着も脱ごうとしている。このまま動画を見続けていくと、九条が佐倉にパイズリをしてもらうシーンが見られる。なんなら、パイズリ後に九条が花恋の胸や顔に精液をかけているシーンも見ることができるのだが、俺はここで動画をストップさせた。

佐倉にはすでに動画を見せている。あらためて最後まで見せなくても、俺の言わんとすることは伝わっているだろう。

俺は黙り込む幼馴染に嘲笑を叩きつけた。

「『今日のことは誰にも言わないから』？　なあ、どのつらさげて言ってるんだ、マネージャー？」

「それ、は……」

「『こんなこと、もうやめよ』？　皆が練習してる最中に部室でおっぱい丸出しにして、男のチ×ポこすってる奴に言われたくねえよ。しかも、お前たちの会話からしてこれが初めてってわけじゃないんだろ？　このことを他の部員たちが知ったらどうなるかなあ？」

ネチネチと言葉で責め立てる俺に対し、佐倉は唇を噛みしめてうつむくばかり。

俺はニィと唇の端を吊りあげて今後起こり得る事態を予測してみせた。

「まず九条は副キャプテンを剝奪される。それにレギュラーからも外される。インターハイ予選が始まっているこの時期に、練習さぼって部室でマネージャーにパイズリさせてるようなクソ野郎を、監督や他の部員たちが受けいれるわけがない」

佐倉がいやいやと首を振って聞きたくないと訴えるが、俺はかまわず言葉を重ねる。

「もちろん部内だけでなく、外にも拡散させるからそのつもりでな。そうだ、教育委員会にも個別で送っておこう。サッカー部は騒ぎの責任をとって活動自粛。夏のインターハイはもちろん、冬の選手権も危ないな。三年の先輩はお前らのせいで事実上の引退だ。一、二年にしても大事な一年間を棒に振ることになる。何も悪いことをしてないのにひどい話だよ」

それを聞いた佐倉は力なく肩を落として言った。

「わかったから……それ以上、言わないで……」

「いいや、言うね。九条もお前も退部、いや、退学かな？　まあお前たちに関しては自業自得だが、かわいそうなのはお前らの両親だ。息子や娘にどういう教育をしたんだって、世間や会社から白い目で見られて針のむしろだろうな。へたをすれば親の退職、引っ越しもセットで付いてくるかもしれない」

しつこく責め立ててやると、佐倉が耐えかねたように押し殺した声で泣きはじめた。

そんな幼馴染を見ていると、興奮でぞくぞくと肌があわ立つのを感じる。女の子を泣かせて喜ぶような性癖が自分にあるとは思わなかった。いや「女の子」ではなく「佐倉花恋」を泣かせたからこそ、俺はここまで高ぶっているのだろうか。

むき出しのペニスの先端からカウパー汁が垂れ落ちていくのを感じた俺は、青い顔をしている佐倉に向けて右手を伸ばした。

下着をさらしていた動画と違い、今の佐倉はまだ学校指定のブレザーを着たままだったが、俺はかまわずブレザーごと幼馴染の胸をつかんだ。柔らかく、それでいて張りのある感触が手のひらから伝わってきて、我知らず鼻息が荒くなる。

胸をつかまれた佐倉はハッと顔をあげて俺を睨んできたが、俺が睨み返すとひるんだように視線をそらした。

相手の抵抗がなくなったのをいいことに、俺は右手だけでなく左手も使って二つの乳房を揉みしだき、かつて味わったことのない感触を存分に堪能する。

そして、その体勢のまま先刻のフェラよりも一段上の要求を佐倉に突きつけた。

「今回のことを黙っていてほしければ俺のセフレになれ。そうしたら動画を消してやる」

「せふ、れ……？」

「セックスフレンド。ようするに俺とセックスしろってことだ。九条との付き合いに口は出さないから、俺が呼んだらすぐに来て相手をしろ」

それを聞いた佐倉はしばし呆然とした後、俺の目的を理解して嫌悪で顔を歪めた。

「そ、そんなことできるわけないでしょう⁉」

「なるほど。断る、ということだな」

「当たり前です！」

拒絶の意思を示す佐倉に対し、俺は薄笑いを浮かべながら胸を揉んでいた手を引っ込めた。

「……え？」

予想外だったのか、思わずという感じで佐倉が驚きの声をあげる。

俺はそれにかまわずに立ち上がると、脱いでいたトランクスと制服のズボンを穿き直した。勃起していたモノをしまいこむ際に少し手間取ったが、力ずくで中に押し込んで事なきを得る。

俺が服を着たことで凌辱を回避できたと思ったのか、佐倉が小さく安堵の息を吐くのがわかった。

そんな佐倉に俺は優しく語りかける。

「嫌なら嫌でいいさ。セフレにならないならさっさと帰ってくれ」

そう言ってスマホを手に取った俺は、無言でサッカー部のグループチャットを起動させた。

もちろん九条たちの淫行を暴露してパイズリ動画を共有するためだ。佐倉がセフレにならないのなら俺が黙っていてやる義理はない。

声に出してそう言ったわけではなかったが、佐倉はスマホを操作しはじめた俺を見て、こちらの思惑を察したようだった。あわてて立ち上がると、スマホを持つ俺の手にしがみついてくる。

「やめて、お願い！」

「うるさい。邪魔だ」

しがみついてくる佐倉を強引に引き剝がすと、そのまま操作を続行する。

佐倉は救いを求めるように左右を見回すが、当然のようにこの部屋には俺たち以外の人間はいない。両親が帰ってくるのは夜九時過ぎなので、まだ当分はふたりきりの状況が続く。

万事休した佐倉は、がくりと肩を落とすと消え入りそうな声で言った。

「……わ、わかりました」

「何がわかったんだ？」

「だから、私は……その、春日くんの、せふれ、に……なり、ます」

のろのろとした口調で、何度も途中で言葉を止めながら、それでも佐倉はセフレになると言い切った。

俺にとっては望んでいた一言だったが、時間をおけばまたグズグズ言い出すのは目に見えている。今日という日を決定的なものにしたかった俺は、もう一押しを試みることにした。

「足りないな」

「足りない……？」

「俺の前で両膝をついて、どうかセフレにしてくださいと頭を下げろ。そうすれば、セフレになるって言葉が口先だけのものじゃないと認めてやる」

暗に土下座しろと要求すると、佐倉は信じられないと言わんばかりに目を大きく見開いた。

泣き濡れた瞳がみるみるうちに吊りあがり、睨むように俺を見据える。どうやら怒りが一時的に恐怖を吹き飛ばしたらしく、次に発した佐倉の声に震えはなかった。

「そんなこと、できるわけないでしょう！　ふざけたことを言わないでっ！」

「本当にセフレになるつもりがあるなら、頭を下げるなんて大したことじゃないだろう？」

「それとこれとは話が違います！　そもそも――」

何やらまくし立てようとする佐倉に対し、俺は冷たい表情で告げた。

「お前と議論する気はない。嫌なら出て行け。それだけだ」

あらためて佐倉に決断を突きつける。だが、やはりというべきか、佐倉は動かない。今しがたの怒りは一時的な効果しかなかったようで、佐倉は涙目で俺を見やると、がくがく震える自分の身体を両手で抱きしめるばかりだった。

そうしていればそのうち時間切れになって、俺が諦めるとでも思っているのかもしれない。

もちろん、そんな逃避を許すつもりはない。俺がこれみよがしにスマホをイジり出すと、佐倉はようやく観念したようだった。

のろのろと俺の前で両膝をつくと、ひっくひっくとしゃくり上げながら切れ切れに言葉を発する。

「ど、どうか、私を……春日くん、の……せ、せふれに、してください……この、とおり、です」

言い終えると、佐倉は何かをこらえるように震えながら頭を下げ、床の絨毯に額を触れさせた。

あの佐倉が俺に土下座してセフレにしてほしいと懇願している。

もちろんそれは俺が強要したことであって、佐倉が本心から望んでやったことではない。

それでも俺の中に湧きあがった興奮は生まれて初めてと断言できるくらい強烈なものだった。嗜虐心と征服欲が溶け合い、脳が震えるほどの快感を生み出している。

正直、こうして佐倉の土下座姿を見下ろしているだけで射精してしまいそうである。全身を駆けめぐる快感はそれほどまでに暴力的だった。

このまましばらく佐倉のみじめな姿を鑑賞していたかったが、何事にも潮時というものがある。俺は声が震えないよう注意しながら口を開いた。

「そこまで頼まれたなら仕方ない。お前をセフレにしてやるよ、佐倉――いや、花恋」

「……あ、ありがとう、ございます」

蚊の鳴くような声で花恋が礼を述べてくる。

俺はくつくつと喉を震わせて笑った。今の自分の顔を鏡で見たら、さぞ醜悪な笑顔が映し出されるに違いない。そんな確信をおぼえながら俺は時刻を確認する。

部屋の時計の針は夜の八時を指していた。前述したように俺の両親の帰宅は九時過ぎなので、まだ一時間ほど余裕があるが、ふたりが九時前に帰ってくる可能性もないわけではない。

今からセックスを始めるのは様々な意味で危険だった。

それに、今も静かに嗚咽を漏らしている花恋を見ていると、これ以上追いつめるのはやめた方がいい気がする。悲嘆のあまり自殺でもされたら大変だ。

「さて」

俺が口を開くと、花恋がびくりと肩を震わせ、恐怖にまみれた目で俺を見た。これからセックスの相手をさせられる、と思い込んでいるのだろう。

俺は軽く肩をすくめて相手の予想を否定してやった。

「心配するな。今日はもう何もしない」

「……本当、ですか？」

「本当だ」

短く応じると、花恋は露骨に安堵の表情を浮かべた。そんな顔をすれば、俺が機嫌を損ねて前言をひるがえす可能性もあるのだが、今の花恋にそこまで想像をはたらかせる余裕はないようだ。

当然と言えば当然だが、精神的にそうとう参っているのだろう。

実を言うと、精神的に消耗しているのは俺も同じだった。なんといっても、今日の出来事は俺にとっても予想外のことだったのである。

と言っても、九条と花恋がパイズリしていたのが予想外だったのではない。前々から部活の最中にふたりの姿が不自然に消えるタイミングがあったので、他の部員に隠れてエロいことをしているに違いないと思っていた。

だから、予想外だったのはそこではない。俺にとって予想外だったのは、動画を確認してふたりの弱みを握ったと確信した瞬間、腹の底から湧きあがってきた凶暴な衝動だった。

当初、俺はふたりの淫行の証拠を握ったら「真面目にやっている他の部員に失礼だろう!」と説教してやるつもりだった。俺は九条と同じ年齢でありながら、部活でも学業でも恋愛でもまったくかなわない。そんな相手の弱みを握ってマウントをとってやれば、さぞすっきりするに違いない。

それに、動画という弱みを握れば九条と花恋に対して今後も精神的優位に立てる。廊下や部活で仲良く話すふたりの姿を見かけるたびに、胸をかきむしりたくなるような思いをしなくて済むはずだ——俺はそう考えていた。それで満足するつもりだったのである。

だが、スマホにおさめられた動画を見た瞬間から今に至るまで、俺はそれまでの計画など放り捨てて花恋をセフレにするために行動してきた。

白状すると、ほとんど思いつきと勢いの産物であり、ここらで一息いれてじっくりと先の計画を練る必要がある。

そんなわけで、今日はこれ以上何もしないのは確定だった。

ただ、このまま花恋を帰宅させるのも芸がないと考えた俺は、目の前にいる幼馴染に明日の予定を告げた。

「そのかわり、明日の朝になったら俺の家に来い。タイミングはスマホで知らせる」

その言葉を聞いた花恋は明らかに嫌そうな顔をしたが、断れる立場でないことは理解しているのだろう、嫌だとは言わなかった。へたに断ればこの場で犯されるかもしれない、という恐怖もあったと思われる。

結局、花恋にできたのは、のろのろとした動作で「わかりました」とうなずくことだけであった。

明けて翌日。

都心まで電車通勤の両親はいつもどおり六時半に家を出て行った。俺はと言えば、サッカー部の朝練に参加するために七時過ぎに家を出る。

この三十分の間、春日家にいるのは俺だけだ。活用しない手はない。

というわけで両親が家を出るのを確認した俺は、昨夜設定した花恋との個人チャットを起動して家に来るよう打ちこんだ。

学校に行くには早すぎる時間だが、もともと花恋はサッカー部のマネージャーとして朝練にも参加しており、家を出る時間も俺と同じ七時前後だった。つまり、いつもより三十分早く家を出るだけである。

この程度の時間差なら花恋の親も不審には思わないだろう。仮に不審に思われたとしても、それをごまかすのは花恋の仕事だ。

そんなことを考えながら、玄関に立って花恋の到来を待つ。

連絡をいれてからおよそ三分後、がちゃり、と玄関のドアノブがまわされて花恋が家にやってきた。チャイムを鳴らさなかったのは、あらかじめチャットでそうするよう伝えておいたからである。

玄関で待ち構えていた俺を見て、花恋は一瞬ひるんだように全身を硬直させたが、すぐにぐっと唇を噛みしめて家の中に足を踏み入れてきた。

俺はそんな花恋に観察の視線を走らせる。

一夜明けても花恋の表情は暗いままで、目もわずかに充血していた。昨日の一件が尾を引いているのは火を見るより明らかである。

反面、死人のように青白かった顔色はだいぶマシになっている。顔色の悪さを化粧でごまかしているだけかもしれないが、化粧するだけの心の余裕があるなら問題ないだろう。泣きはらした顔のまま、化粧も何もせず、ぼさぼさ髪でやってくる可能性も考えていただけに、今の花恋の状態は俺にとって悪いものではなかった。

「……言われたとおりに来ました。何の用ですか？」

低く抑えた声音で、どこか挑むように告げてくる花恋。

今しがたの態度といい、どうやら一晩休んだことで反抗する気力も回復したようである。いかにして俺の要求をかわすか、花恋なりに一生懸命考えてきたに違いない。

たぶん、下手に出ればつけこまれると思い、できるだけ強い口調で話すよう心掛けているのだろう。

反抗と言えないほどの可愛らしい反抗を前に内心で苦笑する。まあ、へたに無気力になられるよりはこんな風に反抗してくる方がやりやすい。

反抗の芽を一つ一つ丁寧に潰していき、いずれ向こうからセックスを求めてくるようにしてやろう。そんなことを考えながら俺は口を開いた。

「セフレを呼ぶ理由なんて、エロいことをする以外に何があるんだ？」

そう言って無造作に花恋に近づくと、幼馴染は警戒するように一歩、二歩と後ずさった。

だが、その後退はすぐに背後のドアによってさえぎられてしまう。

俺は素早く相手との距離を詰めると、そのまま花恋の身体をドアに押しつけて動きを封じ込めた。

「いや、離して！」

花恋が左手で俺の身体を押し返しつつ、右手を振り上げてこちらの頰を張り飛ばそうとする。

俺は左手を伸ばして相手の右手首をつかむと、右手で花恋のあごを強引につかんで無理やり顔をあげさせた。

キッと睨むように俺を見上げてくる花恋。その瞬間、相手の身体から女の子特有の甘い香りが立ちのぼって俺の鼻腔をくすぐった。それだけで股間がみるみる硬くなっていくのがわかる。

目の前にはかすかに濡れた花恋の唇がある。この状況で唇を奪うことをためらう理由などあるはずがなかった。

「やめて！　いやあっ！」

ぐっと顔を近づけると、こちらの意図を察した花恋が必死に顔をそむけて俺の唇から逃げようとする。だが、俺はしっかりと相手のあごを押さえこんで顔をそむけることを許さない。

直後、俺と花恋の唇が音を立てて重なり合った。

「んむぅ!?　ん、んーーっ！」

重なった二つの唇の間からくぐもった悲鳴が漏れる。

だが、俺はその悲鳴をいっさい気にせず、顔をそむけようとする幼馴染のあごを固定し、唇から伝わってくる柔らかい感触をひたすらむさぼり続けた。

途中から唇を押しつけるだけでは足らなくなり、相手の唇を舌でなめまわしたり、唇でついばんだりしながら、執拗に幼馴染の唇を味わっていく。

それはとうていキスなどと呼べるものではなく、ただ欲望にまかせて唇を犯すだけの凌辱行為。

花恋は俺から逃げようと懸命にもがいているが、まがりなりにも運動部に所属している男子の力にかなうはずもない。

俺はそれから十分近くの間、ひたすら幼馴染の唇を犯し続けた。

いや、唇だけではない。頬をなめ、首筋に舌を這わせ、耳たぶをかじり——とにかく思いつく限りのことをした。花恋の唇は俺の唾液でべとべとに汚れ、ふたりの唇の間から垂れ落ちたよだれが互いの制服に汚い染みをつくっている。

それを見た俺は、もうよかろうとばかりに次の段階にとりかかった。

「口を開けて舌を出せ」

狙うところはもちろん舌と舌を絡み合わせるディープキスである。

花恋は涙に濡れた目で俺を見て、ぎゅっと唇を引き結ぶ。無言で拒絶の意を示したわけだが、もちろんそんなことは認めない。

俺は右手で相手の髪をわしづかみにすると、そのままぐっと力を込めた。

「痛っ⁉」

髪を乱暴につかまれた花恋が、思わずという感じで悲鳴をあげる。

おびえたようにこちらを見る幼馴染を至近距離から睨みつけると、こちらの言いたいことを察した花恋は今にも泣き出しそうな顔でおずおずと口を開いた。

目の前に差し出されたピンク色の舌を見た俺は、息を荒らげながら自分の舌を絡ませる。

「んぶぅ⁉　ん、ぐ、んんんっ！」

舌先から伝わってくる柔らかい感触と、耳をくすぐる喘ぎ声。

くちゅくちゅと淫らな水音が玄関に響き、俺の興奮はいやおうなく跳ね上がる。

望まぬディープキスを強いられた花恋はたまらず舌を引っ込めるが、俺は逃げた舌を追って花恋の口内に自分の舌を挿し入れた。

その瞬間、花恋が口を閉じて俺の舌を噛んだのは、おそらく反射的な行為だったのだろう。その証拠に痛みはほとんど感じなかった。

だが、俺はあえて厳しい表情をつくり、先ほどと同じように花恋の髪を強く握る。

すると、花恋は苦痛で顔を歪めながら、すぐに口を開いた。

「ご、ごめんなさいっ」

こちらが要求する前に謝罪の言葉を口にする花恋。それを聞いた俺はすぐにつかんでいた髪を離すと、今度は一転して優しく髪を撫でてやった。すると、花恋はほっとしたように表情を緩める。俺が再び舌を挿し込んでも、今度は抵抗しようとしなかった。

こんな状況でもアメとムチは有効であるらしい。いや、こんな状況だからこそ、だろうか。

ともあれ、花恋の唇を割って舌を侵入させた俺は、遠慮なく幼馴染の口内をなめまくった。

「ん、んぐう!? くちゅ、じゅる、あむ——や!? そ、そこ、くすぐった

「……んんんん⁉」

花恋の舌を強引にねぶりつつ、舌先で歯ぐきをなめ、頬の裏側や上あごをくすぐり、さらにはたまった唾液を無理やり流し込んで飲み込ませる。そのたびに花恋は面白いように反応した。

そんな風に幼馴染の口内を味わっているうちに、気がつけば時計の針は七時を指している。

サッカー部の朝練は七時半からで、我が家から高校までは徒歩で二十分あまり。猶予はもうほとんどない。

ヒルのように花恋の唇に吸いついていた俺は、不承不承ここで唇を離した。するといろいろと限界だったらしい花恋は、力つきたようにその場に座りこんでしまう。唇の端からよだれを垂らしながら、はぁはぁと荒い息を吐き、その目は放心したようにぼんやりと宙を見つめている。

少しやりすぎたか、と思ったが、まあ花恋が心ここにあらずという状態なのは好都合だ。

俺は制服のズボンを脱ぎ、次いで先走り汁でべっとりと濡れたトランクスを脱ぎ捨てた。

　今朝はキスだけで終わらせるつもりだったが、これほどの快感を味わって射精無しは普通につらい。キスがこれほど股間にクるものだとは知らなかった。というか、キスでこれだけ気持ちいいなら、本番のセックスはどれだけ気持ちいいのだろう。正直、このまま放心した花恋を部屋に連れ込んで、朝練も授業もさぼってセックスにふけりたかった。

　だが、そんなことをすれば、求めて周囲に不審をまき散らすようなものだ。せっかく花恋をセフレにできたのに、一時の欲求に負けてすべてを失うのはもったいない。今は我慢である。

　俺はいまだに呆然とへたりこんでいる花恋の隣に座りこむと、幼馴染の右手をとってむき出しのペニスを握らせた。

　まあ握らせたと言っても、花恋はまったく力を入れていないので、半ば花恋の指を使った俺のオナニーであるが、それでも暴発寸前まで高ぶっていたペニスが絶頂に至るには十分だった。

　ついでとばかりに花恋の唇を塞いだ俺は、口先から伝わってくる温かな唇の感触と、ペニスに触れる冷たい指の感触を楽しみながら、我が家の玄関で思いきり射精した。

第二話　幼馴染に窓越しオナニーさせてみた

「だあ、疲れたー！」

学校から帰ってきて自宅のドアを開けるなり、俺はそう叫んでカバンを放り出した。

そして、どっかと玄関に腰を下ろす。

時刻はまもなく夜の八時になろうとしている。サッカー部の練習自体は六時に終わったのだが、今日はそれにくわえて二年生有志による自主練がおこなわれたのだ。

提案者は九条真であり、全国大会出場に向けて部員の結束を固めるというのが自主練の名目だった。

俺は、くぅ～、と大きく背伸びしながら独りごちる。

「なーにが『先輩たちの夏を最高のものにしてあげよう！』だよ。その先輩たちが必死こいて走ってるときにマネージャーにパイズリさせてた奴のセリフじゃねえわ」

九条の提案を聞いたとき、思わず吹き出してしまった俺はきっと悪くない。

幸い、端の方にいたおかげで俺が吹き出したことは九条に気づかれずにすんだが、自主練には参加せざるをえなかった。

運動部における自主練とは「参加不参加を任意に選択できる練習」という意味ではない。「参加不参加は任意だけど参加しなかった場合はわかってるよな？な？」という威圧的意味を含んだ恐ろしい言葉なのである！

「ま、何も知らずにボールを蹴ってる九条を見てるのも、それはそれで面白かったからいいけどさ」

俺は玄関を見回して小さく笑う。

今朝、ここで花恋の口を激しく犯し、最後には放心した花恋の右手を使って射精した。あの後、我に返った花恋はうちの洗面所に走り込み、泣きながら精液まみれの右手を洗っていたが、その姿は実にそそるものがあったと言っておく。

あの花恋の姿をぜひ九条にも見せたかった。恋人が俺のセフレにされたと知ったとき、あのイケメン同級生はどんな顔をするのだろう。想像するだけで股間の肉棒がむくむくと膨れ上がる。

「と、いかんいかん。お前の出番はもうちょい先だ」

俺は冗談まじりに股間に向けて呼びかけると、立ち上がってキッチンに移動した。

冷蔵庫から母親が朝に用意してくれたおかずを取り出し、レンジで温めてご飯と共にほおばる。その後、風呂を沸かして部活の汗を洗い流した俺は、リビングでくつろぎながら花恋にチャットを打った。

内容は簡単。夜の十一時になったら自室の窓際に立ってオナニーしろ、というものである。

既読がついたのを確認し、相手の返信を待たずにチャットを閉じる。

そうこうしている間に両親が帰ってきたので「おかえりなさい」と声をかけてから二階へ移動し、勉強を始めた。

机に向かって集中することしばし。ピピピ、とスマホのアラームが鳴って十時五十五分を知らせてくる。

椅子から立ち上がった俺は、万一の両親襲来に備えてカチャリと部屋の鍵をかけると、窓際に歩み寄った。

「さて、花恋の様子はどうかな」

カーテンをあけて外の景色を確認する。

視界に映るのは隣の一軒家で、これは言うまでもなく佐倉家だった。

春日家と佐倉家は距離的にかなり隣接して建てられており、構造もけっこう似ている。俺の部屋から外をのぞくと、正面に大きな窓が見えるのだが、これが花恋の部屋の窓だった。

少し声を張れば普通に会話することもできる。実際、子供の頃はよく花恋と窓越しに話をしたものである。

見れば、花恋の部屋の明かりは消えており、窓もカーテンも閉じられている。花恋の拒絶を伝えてくるような光景だったが、俺は閉じられたカーテンの向こうで幼馴染が息を殺していることを確信していた。

ニヤリと笑ってからスマホを手に取ると、個人チャットではなく通話の方で花恋に連絡をとる。

呼び出し音が一回、二回、三回と鳴り響き、四回目が鳴ろうとした瞬間、相手が呼び出しに応じた。

『………はい』

「早く窓越しにオナニーしてみせろ」

先刻のチャット内容をもう一度伝えると、スマホの向こうから感情を押し殺したような沈黙が返ってきた。そのまま黙っている花恋に向けて、俺は呆れたように告げる。

「いいかげんに学習しろよ。九条との動画を拡散されてもいいのか？　これでも互いに親バレしないように工夫してやってるんだぞ」

『だ、だって……窓から、なんて、できるわけ……！』

「なんだ、今から親バレ覚悟でお前の部屋に押しかけてオナニーを見物していいのか？　それともお前がこっちに来て股をひらいてくれるのか？　俺はどちらでもかまわないぞ」

『あなたは……っ』

スマホの向こうから悔しげな声が聞こえてくる。

だが、どれだけ反抗したところで、俺の手に動画がある以上花恋はこちらに従わざるをえないのだ。

ややあって、小さなため息と共にスマホの向こうから人が動く気配が伝わってきた。そして、花恋の部屋の明かりがつき、カーテンと窓ガラスが開かれる。

ようやく姿を見せた花恋は、スウェット姿の俺と違ってきちんとした寝間着を着ていた。

おそらくはシルク生地の、シンプルな形状のネイビーブルーのパジャマ。シンプルな形状ゆえに花恋の胸の膨らみがはっきりと確認できて、とてもエロい。

髪もいつものミディアムボブではなく、結い上げてシュシュでまとめている。

子供の頃はいざ知らず、年頃になってから花恋のパジャマ姿を見るのは初めてだ。俺はニヤニヤと笑いながら、スマホ越しに花恋に言った。

「ほら、早く始めろ」

『うぅ……』

嫌そうにうめきながら、それでも花恋は俺の言葉に従ってオナニーを開始する。

きつく目をつむって俺を視界から遮断し、ゆっくりと身体に指を這わせる幼馴染。と言っても、花恋は左手でスマホを持って耳にあてているため、実際にオナニーに使っているのは右手だけ。それもパジャマ越しにノロノロと胸を揉んでいるだけだ。これでは一晩たってもイクことはできないだろう。

俺は冷たい声で花恋に告げた。

「まったくダメだな。やる気も感じられない」

『そ、そんなこと言われたって、こんなの、恥ずかしすぎるよっ』

「しょうがない。とりあえず、目を開けて俺の真似をしろ」

『真似って……きゃあ!?』

花恋の口から小さな悲鳴があがり、スマホと肉声の双方から驚きの声が伝わってきた。

窓の向こうでは花恋が信じられないものを見る目で俺を見ている。

『なんで裸なの!?』

「お前が目をつむって身体をいじっている間にスウェットを脱いだからだよ」

そう返答した俺は、花恋と同じように左手でスマホを持ったまま、あまった右手で硬くそそり立ったペニスを握りしめる。そして、こちらを見る花恋に見せびらかすように上下にしごき出した。

花恋があわてたように顔をそむけ、スマホの向こうから「やめてっ」と小さな悲鳴が聞こえてくる。

俺は幼馴染のうぶな反応を楽しみつつ、無造作に指示を出した。

「お前も早く脱いでオナニーしろ。言っておくが、俺の方が先に射精したらその時点で全部おしまいだと思えよ。部室でパイズリしてた動画も、土下座してセフレにしてと頼んだ動画も、今朝キスした動画も、全部拡散するからな」

『な⁉』

俺から顔をそむけていた花恋だったが、さすがにこの言葉は無視できなかったようだ。あわてて視線を俺に戻し、ぱくぱくと口を開閉させている。

声を出さないのは何から尋ねるべきかわからないからだろう。

それと察した俺は、向こうに問われる前にこちらから状況を説明してやることにした。

「セフレになれば動画を拡散しないとは言ったが、他の動画を撮らないとは一言も言っていないぞ」

『セ、セフレになったのに拡散しようとしてるじゃないですか！』

「しょうがないだろ。お前がいちいち逆らうんだから。反抗的なセフレなんていらねえよ」

吐き捨てるように言うと、花恋は一瞬言葉を詰まらせた。

だが、ここでひるんだら負けだと思ったのか、必死の面持ちで言い返してくる。

『――っ！　そ、その動画を拡散なんかしたら、春日くんだってタダではすみませんよ⁉　私が脅迫されたって証言すれば警察だって動くかもしれません！』

「そうだな。で？」

『……え？』

「たしかに俺もタダではすまないが、それがどうした？　俺がその程度のことも覚悟せずにこんなことをしていると思っているのか？」

そう問い返すと、花恋がスマホの向こうで絶句するのがわかった。

俺はふんと鼻で笑うと、あらためて花恋に現状を教えてやる。

「いちおう言っとくが、今日は朝のあれ以来オナニーしてないからな。俺が射精するまであまり時間はないぞ」

そう言ってしこしこと自分のチ×ポを撫でさすっていくと、スマホからせっぱつまった制止の声が飛んできた。

『ま、待って！』

「待たない。俺より先にイきたければさっさと脱げ」

その言葉でようやく意を決したのか、花恋はスマホを窓枠に置くと、両手でパジャマのボタンを外しはじめた。

それでもためらいと恥じらいは消えていないらしく、ときどき手の動きが止まりそうになる。

そのたびに俺はわざとらしく「ああ、気持ちいい」だの「ふう、そろそろイきそうだ」だのとスマホ越しに花恋を煽り立てる。窓枠に置かれたスマホからでも俺の声を聞き取ることはできるはずだ。

こちらの声に押されるように花恋は脱衣を再開する。俺は段々とあらわになっていく幼馴染の肢体をなめるように鑑賞した。

『……っ』

スマホの向こうで、ぱさり、とパジャマの上衣が床に落ちる音がした。薄桃色のナイトブラが外気にさらされ、視線の先で花恋がきゅっと唇を噛みしめる。

俺はここぞとばかりに要求を突きつけた。

「ぐずぐずするな。次はブラ。その次は下もだ」

『う……は、はい……』

悲しげに涙を流しながらも花恋は俺の指示に従った。

先ほど俺が花恋に提示した条件は「こちらが射精するよりも先にオナニーで絶頂しろ」というものであり、必ずしも全裸になる必要はない。

だが、もう花恋はそこまで意識がまわっていないのだろう。あるいは、ここで反論したところでまた俺に動画の件を持ち出され、脱衣を強要されるだけだと判断したのかもしれない。

いずれにせよ、花恋がこちらの指示に従っているのは間違いない。俺としてはそれで十分だった。

そうこうしているうちにナイトブラが外れ、メロンを思わせる花恋の豊潤な双丘が視界の中で大きく弾む。

それを見た俺は思わず息をのんだ。ただでさえ熱かったペニスがさらに熱くなり、無意識のうちに肉棒をこする手の動きが速くなる。

「やば、出そう……！」

そのつぶやきは先ほどのように花恋を煽る演技ではなく、本心から出たものだった。

だからこそ、余計に花恋をあわてさせることができたのかもしれない。

『待って、お願い！』

もう猶予はないと悟ったらしく、花恋はためらいを捨てて両手を腰にあてると、そのまま下着ごとパジャマの下を脱ぎ捨てた。

そして、右手で股間をさすり、左手で乳房を握りながら性感帯に刺激を送りはじめる。

『ん……ん……あぁ……！』

スマホからかすかな喘ぎ声が流れてくる。それを聞く限り、さっきよりは気持ちよくなれているようだが、絶頂まではまだ遠そうだ。

「花恋、こっちを向いて俺を見ろ」

『……は、い』

スマホ越しに指示を出すと、今にも泣き出しそうな顔で花恋がこちらを見る。

俺は先ほどと同じように、これみよがしに勃起したペニスを右手で上下にこすってみせた。それを見た花恋はすぐに顔をそむけようとしたが、今度は俺に咎められる前に自分で視線を戻す。

そして、ひどく嫌そうな顔をしながら俺の肉棒に視線を向けてきた。それが俺の望みだ、と言葉にしなくても理解したのだろう。

しばらくの間、俺たちは無言でオナニーを続けた。

スマホから聞こえてくる喘ぎ声は徐々に大きくなりつつある。気づけば手の動きも速くなっているように感じられた。

「気持ちいいか、花恋?」

『……』

返答はなかった。言葉にしては。

だが、休むことなく胸を揉み、割れ目を撫でて喘ぎ声を漏らしている姿を見れば、花恋がこのシチュエーションで快感をおぼえていることは明白である。

俺はさらに言葉を続けた。

「一番気持ちいいところを教えろ。自分の身体なんだ、それくらいわかるだろう?」

『……っ』

尋ねると、花恋は一瞬ためらうように動きを止めた。

今の問いに答えるということは「ここが私の性感帯です」と白状するようなものだ。そのことに気づいたのだろう。

さて、花恋はどんな答えを返してくるのか、などと思いながら黙っていると、花恋はためらいながらも腰を前に突き出した。

そして、股間の割れ目の上にある小さな突起を指し示す。

「クリトリスが感じるんだな?」

『……は……い』

力なくうなずく花恋。

どうやら、もう花恋に反抗する気力は残っていないようだ。そのことを確信した俺はここぞとばかりに追加の命令を下す。

「右手でクリトリスをつまめ。左手は乳首だ」

『は、い……っ』

「俺のチ×ポを見たままこすり続けろ」

『はい……!』

花恋は自棄になったように強い調子で応じると、言われたとおり二つの性感帯を指でつまんでこすりはじめた。

それがこの不快な時間を終わらせるためにやむをえずしていることであっても、それでも花恋が――九条の恋人になった幼馴染が俺の命令でオナニーをしているのは事実である。

征服感でぞくぞくと背筋を震わせながら、俺はスマホの向こうに向けて優しく語りかけた。

「いいぞ、良い子だ。俺に見られながらのオナニーは気持ちいいか、花恋？」

『……っ』

それを聞いた花恋は顔を真っ赤にしてうつむく。

俺はすかさず叱責の言葉を放った。

「目をそむけるな！　ちゃんと俺のチ×ポを見ろ！」

『は、はい！』

低い声で怒鳴りつけると、花恋は弾かれたように顔をあげて俺の股間を凝視した。そして、そのまま懸命に両手でクリトリスと乳首をこすり続ける。

ほんの一週間前まで、花恋のこんな淫らな姿を見ることができるとは想像もしていなかった。ペニスを握る手の動きが自然と速くなる。

『はあ、はあ……♡　ん、ああ……♡　ふ、ふぅ……ああんっ♡』

スマホから聞こえてくる喘ぎ声が俺の興奮を加速させる。

俺は花恋に向けて最後の指示を出した。

「イクときはきちんと口に出せ。花恋がどれだけ気持ちよくなっているのか、ちゃんと俺に伝えるんだ」

『は、い……わかりました……♡』

快楽に濡れた幼馴染の声が耳朶を震わせる。互いのスマホから言葉が失われ、喘ぎ声と荒い息づかいだけが部屋の中に響いている。

そうして、花恋の声の抑制が失われる寸前、それは訪れた。

『あ♡　あ♡　春日くん、わ、私、イきそうですっ♡』

「いいぞ。思いきりイけ、花恋！」

『ああっ♡　ああっ♡　だめっ♡　もうだめっ♡　い、くぅぅぅぅぅ！♡♡♡』

花恋の口からどこのＡＶかと疑うほどの嬌声があふれ出し、幼馴染の身体が痙攣するようにビクビクと震える。

股間の割れ目からぶしゃあっとあふれ出たのは潮だったのか、おしっこだったのか、俺の位置からではわからない。

俺にわかったのは、幼馴染の少女がかつてない快楽に飲み込まれて絶頂したということ。そして、幼馴染にその絶頂を与えたのが他ならぬ自分であるということだ。

それを意識した瞬間、脳髄を焼き切るほどの鮮烈な快感をおぼえた俺は、睾丸から駆けのぼってくる衝動に突き動かされるままに、窓の向こうの花恋に届けとばかりに盛大にザーメンを吐き出した。

「ん、ん……ぷは！　はぁ、はぁ……ん、むちゅ……くちゅ……あ、んんんっ！」

窓越しに互いのオナニーを見せ合った翌日、俺と花恋は昨日と同じように玄関で唇を重ねていた。

ただし、やり方は昨日とは違う。欲望のままに唇をむさぼるのではなく、ゆっくりと優しく、それでいて情熱的に花恋の唇を塞ぎ、みずみずしい感触を味わっていく。

そうしながら背中に手をまわすと、花恋がおびえたようにビクリと身体を震わせるのがわかった。昨日のように強引に身体を押さえつけられ、無理やり口内をかきまわされると思ったのかもしれない。

俺はおびえる幼馴染をなだめるようにぽんぽんと背中を叩く。

背中にまわした手は拘束のためのものではなく、抱擁のためのもの。そのことが伝わったのか、花恋の身体から少しずつ力が抜け落ちていく。

相手から緊張が抜けたと見て取った俺は、キスを中断して花恋の耳元に口を寄せてささやいた。

「花恋も俺を抱きしめてくれ」

少しの間を置いて、花恋の手がおずおずと俺の腰にまわされる。さすがにそれ以上は厳しかったのか、情熱的なハグというわけにはいかなかったが、彼氏持ちの幼馴染と恋人のように抱き合う行為は俺の征服欲を心地よく刺激した。

すかさずキスを再開した俺は、そのまましばらく花恋の唇の柔らかさを堪能する。

できればもっとこの柔らかさを味わっていたかったが、今日は他にもやりたいことがある。俺はやむをえず花恋から顔を離した。

その際、ふといたずら心が芽生えて、花恋の背中につつっと指を這わせると——

「ふああっ♡」

花恋の口から驚くほど色っぽい声が飛び出した。昨夜の痴態を思い起こさせる喘ぎ声が玄関に響く。

俺も驚いたが、俺以上に驚いたのは声をあげた当人だった。花恋はただでさえ赤かった顔を首筋まで真っ赤に染めると、何かを否定するようにあわてて首を左右に振る。

「あ、や、今のは違います！　その、違うんです！」

俺は相手を落ち着かせるために頭を撫でてやる。

子供扱いされたと思ったのか、それとも背中を撫でた悪戯への抗議なのか、花恋は可愛らしく「うー」とうなると、恨みがましく唇を尖らせた。

その後、俺は花恋をうながしてリビングに場所を移す。

俺自身はソファに座ってスマホを構え、花恋を目の前に立たせた。その目的は次のとおりである。

「スカートをたくし上げて下着を見せろ」

俺が自分の欲望を言葉にした途端、花恋はきゅっと形の良い眉をひそめ、不満そうに俺を見つめてきた。両手の拳は怒りをこらえるように強く握りしめられている。

これはまたグズグズ文句を言ってくるな、と予想して内心で身構える俺。

だが、意外なことに花恋はそれ以上反抗的な態度をとろうとはしなかった。

自身を落ち着かせるために何度か深呼吸した花恋は、意を決したように両手でスカートの裾をつまむ。

俺は思いのほか従順な相手の態度に内心で首をかしげたが、冷静に考えてみれば、花恋は昨夜下着どころかその下の性器までがっつり見られているわけで、今さら下着を見せるぐらいでうろたえる必要はなかったのかもしれない。

そんな風に相手の内心を推測していると、不意に花恋が口を開いた。

「……あの、お願いがあります」

「なんだ？」

「あなたの言うことは、ちゃんと聞きます。だから……動画を撮るのは、やめてくれませんか？」

それを聞いた俺は不機嫌そうに、ふん、と鼻で息を吐く。それを聞いた花恋がビクリと身体を震わせてこわごわと俺を見た。

俺の表情を見た花恋はこちらの機嫌を損ねてしまったと判断したらしく、あわてて謝罪の言葉を口にしようとする。

「ご、ごめんなさ――！」

「わかった。動画を撮るのはやめてやろう」

「…………え？」

あっさり要求をのんでやると、花恋は呆気にとられたように俺を見た。

俺はぽかんとしている花恋にニヤリと笑いかける。

「ああ、もちろん動画は撮らないけど写真は撮る、なんて小細工もしないぞ。データとして記録に残すような真似はしないと誓う」

「い、いいんですか？」

「いいとも。ただし、そちらも条件を守ってもらうぞ」

今、花恋は自分の口で言ったのだ。

あなたの言うことはちゃんと聞く。だから動画は撮らないで、と。

それはつまり、花恋が俺の言うことに従わなかった場合、動画を撮ってもかまわないということである。俺は花恋の許可のもとで堂々とエロ動画を撮影できるのだ。

そう告げると、花恋はようやく自分のうかつさに気づいたのか、顔を強張らせた。

俺はくすくす笑いながら幼馴染に問いかける。

「どうする？　発言を撤回するか？　その場合、今から撮影会になるが」

「……いいえ、撤回はしません」

「どうあっても従えない命令を出して、無理やり恥ずかしい姿を撮影するかもしれないぞ？」

意地悪く尋ねると、花恋はきゅっと唇を引き結び、挑むように俺を見た。

その時はその時です、と花恋の態度が告げている。

たぶん、俺が今言ったような真似をしたら出るところに出るつもりなのだろう。親や学校に訴えるか、警察に駆け込むか、ひょっとしたら包丁を持ち出して俺を刺しに来るかもしれない。

まあ、それはどうでもいい。はじめからそんなまどろっこしい手段をとるつもりはないからだ。

俺はパチンと手を叩くと、唇の端を吊りあげた。

「よし、それじゃあ契約成立だな。言ったとおりスマホはしまう。そちらは下着を見せてくれ」

そう言ってスマホを制服のポケットにしまいこむ。

それを見た花恋は、何かを思いきるように大きく息を吐き出した後、スカートの裾をつまんだ手をあげはじめた。

段々とあらわになってくるふとももの白さに目を奪われる。気がつけば、ごくりと唾を飲み込んでいる自分がいた。

昨夜これ以上のものを見たはずなのだが、正直なところ今の方が興奮している。

というのも、あの時は花恋と距離が離れていた上に明かりも少なかった。対して、今は花恋が手の届く距離にいる。朝日が差し込んでくるリビングは光量もたっぷりだ。

どちらの方がしっかり女体を鑑賞できるのか、比べるまでもないだろう。

つけくわえれば、俺にとってこのリビングは見慣れた日常風景の一部である。

そこであの花恋がスカートをたくし上げて下着をあらわにしようとしているのだ。興奮しないわけがなかった。

俺は生唾を飲み込みながら眼前の光景に意識を集中する。記録には残さないと誓ったが、記憶に残す分には何の問題もないだろう。

当然と言えば当然ながら、花恋の手の動きは遅かった。それでも決して動きを止めたり、スカートから手を離したりしないあたりに花恋の覚悟が見て取れる。

やがてふとももの付け根があらわになり、股間を覆うライトブルーの布地が見えた瞬間、俺は思わず「おお！」と嘆声を発してしまった。

「……っ」

こちらの興奮が伝わったのか、花恋は顔を真っ赤にして視線をそらす。

そして、震える声でおそるおそる問いかけてきた。

「もう、いいですか……？」

「駄目だ。全部見えるまで上げろ」

「うう……」

恥ずかしそうにうめきながらも、花恋は俺の言うとおりにスカートをたくし上げていく。

およそ三十秒後。

花恋の手によって制服のスカートは大きくたくし上げられ、清楚な下着がはっきりと姿をあらわした。

俺はカッと目を見開き、食い入るように花恋の股間に視線を注ぐ。

ライトブルーのシンプルなショーツ。白い小さなリボンがついているのが可愛らしい。布地にはこれも白い花の刺繍が施されていて、清楚さと高級感の双方を演出していた。

黒や赤といった派手な色ではなく、紐で結ぶような「いかにも」な下着でもない。あつらえたように俺好みの下着だったことに我知らず満足の息を吐く。

「……素晴らしい」

思わずつぶやくと、それを聞いた花恋が羞恥に震えながら口を開いた。

「も、もう、いいですよねっ？」

「まだだ。そのままスカートを持っていろ」

ここで終わるなんてとんでもない。

視覚で満足したのなら、次は触覚を満足させなければならない。触覚だけではない。嗅覚も聴覚も、なんなら味覚もだ。

俺は無造作に花恋の股間に手を伸ばし、ショーツ越しにゆっくり割れ目を撫で上げる。

性器に俺の指の感触を感じた花恋が腰を引いてスカートを下ろそうとするが、俺は威圧的な声でその行動を制した。

「動くな！」

「ひっ⁉」

鞭打つような叱声を浴びせられた花恋が、凍りついたように動きを止める。

俺は低い声で言葉を続けた。

「スカートを上げて腰を前に突き出せ。二度は言わないぞ」

「は、はい……」

彼氏でもない男の前でスカートを上げさせられ、秘所を凝視された挙句に無遠慮に割れ目を撫でられた。たまらず逃げようとすれば、声を荒らげて叱責される。

理不尽な仕打ちの連続に花恋は涙目になるが、それでもスカートを上げ直し、ぐっと腰を突き出してきた。幼馴染を自分の思いどおりに動かせたことに満足しながら、俺は右手の人差し指を使ってショーツ越しに割れ目を撫で上げ、撫で下ろし、また撫で上げる。力はほとんど入れず、軽くさするように。大切なのは指を上下させる際、クリトリスをかすめるように動かすことだ。

そこが花恋の性感帯であることは昨日の夜に判明している。

敏感な器官だから激しく刺激するのは避けた方がいいだろう。俺はショーツの上から優しくクリトリスをさわりつつ花恋の反応を確かめた。

「ん……ふ……ふぁ！　あ、やぁ……はぁ、はぁ……♡　ん、く……んあっ♡」

頭上から降ってくる花恋の声が、徐々に喘ぐような響きを帯びていく。

気がつけば、ライトブルーのショーツがじっとりと湿りはじめていた。性器の割れ目に沿うようにうっすらと浮かび上がった染みを見て、俺はくっと喉を震わせる。

当人は気づいていないようだが、花恋は俺の指がショーツの表面を上下するたび、より強い刺激を求めて腰を前に突き出してくる。それに気を良くした俺が円を描くようにクリトリスの周囲をさすってやると、花恋はたまらない様子で身をよじった。

「はあああ……っ♡」

ビクンビクンと腰を震わせる花恋を見て、俺は短く言った。

「脱がすぞ」

短く告げた俺は、相手の返答を待たずにショーツの両端に指をかけ、一気に膝までずり下ろす。

本当はもう少し時間をかけて下着を脱がせ、向こうの羞恥心を煽ろうと思っていたのだが、ぴちゃぴちゃと水音を立てて淫らな匂いをまき散らす花恋の性器を前にして、これ以上時間をかけるのは不可能だった。俺の自制心はそこまで強靭ではない。

「あぁ……！」

俺がショーツをずり下ろすや、女の子の一番大切な場所が外気に触れたことを感じ取った花恋が、悲鳴とも嬌声ともつかない声をあげる。

俺はと言えば、幼馴染のおマ×コを前に声も出なかった。

ほどよく盛り上がった恥丘と、その恥丘を申し訳程度に隠す短い陰毛。ペニスを受けいれる割れ目は内からあふれた愛液でテラテラと濡れ光り、割れ目の上部にはぷっくりと膨れたクリトリスが突き出ている。

息をのむほどに淫らな情景。

昨日の時点でわかっていたことだが、花恋は日頃クリトリスで快感を得ていたようで、俺がさわるまでもなくクリトリスの皮は自然にむけていた。

早く撫でてと言わんばかりにふるふると震えるクリトリスを見やりながら、俺は花恋の股間に顔を近づけていく。そして、あーんと口を開くと、そのままぱくりとクリトリスをくわえこんだ。

「ひあああっ⁉」

たまらず花恋が悲鳴をあげてスカートから手を離す。スカートが俺の頭にふわりと降ってきて視界が闇に閉ざされた。

スカート越しに俺の頭をつかんで股間から引き剝がそうとする花恋。

俺はかまわず口に含んだクリトリスを舌先でツンツンとつっつき、次いで円を描くようにペロペロとなめまわす。それから乳首を吸うようにクリトリスを勢いよく吸い上げた。

「ふあああああっ⁉　や、だめ！　春日くん、なめないで！　そこダメ、ダメなの！　あああ、吸っちゃだめぇぇぇ！♡♡」

花恋は俺の頭をつかみながら必死に訴えたが、その言葉は俺の興奮をかきたてることはあっても、俺の動きを制することはできなかった。

花恋はなんとか俺の舌から逃れようと懸命にお尻を振るが、そんなことをしたって俺の舌から逃げられるわけがない。

それでもなめにくいのは確かなので、俺はスカートの中に両手を突っ込んで逃げ惑うお尻をわしづかみにした。

「はうあっ!?」

生尻を揉まれた花恋の口から甲高い声があがり、お尻の動きが止まる。

俺は柔らかい尻肉の感触を堪能しつつ、なめやすくなったクリトリスにさらなる愛撫をくわえていった。

「あっ♡　ふ、く、ううぅっ♡　も、だめ……ほんとにだめっ♡　かすが、くんっ♡、おねが……ひぃ♡　ゆる、許し……あくぅぅぅ♡」

もちろん、クリトリスだけでは刺激が単調になるので大小の陰唇への愛撫も忘れない。

さらに俺は舌を突き出して膣の中に舌先を侵入させると、ヒダ肉の感触を確かめながら花恋の膣内を激しくかきまわした。

花恋はがくがくと腰を震わせながらとろけた声をあげる。

「あっ♡　あっ♡　やだっ♡　やだぁっ♡　こんなの、私、私ぃ……♡♡」

せっぱつまった様子の花恋を見て限界が近いと察した俺は、とどめとばかりにクリトリスを責め立てた。

ちゅっちゅと音を立ててキスし、母乳を求める赤ん坊のように吸いつき、最後にぷっくりと膨れたそれを甘噛みする。

その瞬間、花恋の口から吼えるような絶頂の声がほとばしった。

「あああ！♡♡　もうだめ！♡♡　もうイク！♡♡　イク、イク、イっちゃううううう！♡♡♡」

その声と同時に、花恋の秘所から温かい愛液があふれ出し、ぴしゃぴしゃと音を立てて俺の顔に降りかかった。

俺は大きく口を開けて割れ目に吸いつくと、あふれ出る愛液を喉を鳴らして飲みほしていく。

平和な春日家のリビングに響く淫らな水音は、それからしばらくの間やむことはなかった。

幕間　佐倉花恋①

「――花恋？　おい、聞いてるか、花恋？」

「……え？」

何もない空中をぼーっと見つめていた花恋は、不意に肩を揺さぶられて我に返る。声のしてきた方を向くと、そこには心配そうに花恋を見つめる九条真の姿があった。

時刻は昼休み。ふたりはサッカー部の部室で密かな逢瀬を楽しんでいるところだった。

一口に部室といっても、ふたりがいるのは扉に「男子禁制！」の張り紙が張られたマネージャー用の控え室である。現在、サッカー部に三年のマネージャーはおらず、部屋の鍵は唯一の二年生マネージャーである花恋が管理していた。

花恋は今の状況を思い出すと、あわてて恋人に謝る。

「あ、真くん、ごめんなさい――えっと、なんだっけ？」

「今度の月曜日あいてるかって聞いたんだけど……大丈夫か？　ここのところ調子が悪そうだし、朝練に来るのもけっこうぎりぎりだよな？」

心配そうに尋ねてくる九条の顔を見て、花恋の顔がわずかに強張る。だが、九条がそれと気づくより早く、花恋はとりつくろった笑みを浮かべて本心を覆い隠した。

「心配かけてごめんなさい。このところ、朝すごい眠くてなかなか起きられないの。春眠あかつきをおぼえず、かな？」

「もう春って季節じゃないだろ」

六月のカレンダーを指さして笑う九条に、花恋も愛想笑いを返す。

九条は気を取り直したように言った。

「まあ体調が悪いってわけじゃないなら良かったよ。それで、月曜日の予定はどうなってる？　空いてるなら俺の家で遊ぼうぜ」

サッカー部は土曜日、日曜日も練習試合や公式大会があって部活は休みになら ...

ない。

そのかわり月曜日は完全オフになっている。平日なので共働きの両親も家にいない。そのため、九条はもっぱらこの日を花恋とのデートに当てていた。

花恋も当然そのことを心得ている。映画やカラオケではなく「家で遊びたい」と九条が言い出したとき、それはセックスの誘いであることも、だ。

以前はセックスするにしても、外でデートしてから九条の家へ行っていたのだが、最近ははじめから家に誘われることが増えている。

それが意味することを考えつつ、花恋は申し訳なさそうにかぶりを振った。

「ごめんなさい。次の月曜日はお母さんと出かける予定があるの」

「うあ、マジかー。せっかくの休みなのに」

「ほんとにごめんね」

花恋が再度謝ると、九条は何かを思いついたようにグッと花恋に顔を寄せてきた。

伸ばされた右手が、制服越しに花恋の豊かな胸に押し当てられる。

いきなりの刺激に花恋が「んっ」と声をあげると、九条は興奮したように鼻息を荒くしながら言った。

「用事があるなら仕方ないさ。ただ、そのかわりってわけじゃないけど、今から胸で……いいか？」

「……うん」

パイズリを求められた花恋は、わずかにためらってからうなずいた。

今しがた体調を気づかってくれたばかりなのに、すぐ奉仕を要求してくる恋人に少しだけ不満をおぼえたが、花恋は花恋で恋人に嘘をついている。

月曜日の約束の相手は母親ではなく春日なのだ。そのことが罪悪感となり、花恋は素直に九条の欲望を受けいれた。

ブレザーを脱ぎ、ワイシャツのボタンを外し、パステルグリーンのブラに包まれた双丘をあらわにする花恋。

重量のある乳房を支えている下着が窮屈そうに揺れている。花恋は恥ずかしそうに頬を染めると、背中に手をまわしてブラのホックを外そうとした。

だが、九条は待ちきれないとばかりに乱暴にブラを押し上げると、まろび出てきたおっぱいを両手でわしづかみにする。そして、そのまま力を込めて生乳を揉みはじめた。

乱暴な愛撫を受けた花恋の口から小さなうめきが漏れる。

「く……っ」

「ブラ、邪魔だから早くはずしてくれよ」

「う、うん……」

お気に入りの下着を邪魔呼ばわりされ、花恋はかすかに悲しそうな顔をする。

九条はそれに気づかず、胸の谷間に顔を埋めて満足そうに息を吐いていた。

そんな九条の後頭部をぼんやりと見下ろしながら、花恋はふと思う。

(春日くんはいつも下着の感想を言ってくれるんだよね……)

二日前に花恋をクンニで派手に絶頂させてからというもの、春日はクンニに味を占めたらしく、昨日の朝も、今朝も、花恋のスカートの中に頭を突っ込んでは執拗に性器をなめてきた。

その際、春日は必ずその日の下着の感想を口にする。リボンが可愛い、刺繍が綺麗、清楚で品がある、素晴らしい、最高だ、ディ・モールトベネなどなど。

それは花恋を恥ずかしがらせるための手くだなのかもしれない。だが、何の関心も払われないよりは、そうして褒めてくれる方が花恋は嬉しかった——だからといって春日のしたこと、していることを許すつもりなんてなかったけれど。

その後、花恋の胸にペニスを挟んで絶頂に達した九条は、満足して身支度を整えはじめた。

花恋を満足させようとはせず、顔や胸にかけた精液をふき取ってもくれない。

これまで花恋は恋人のそういうところを多少不満に思いつつも、男子はそういうものなのだろうと思って気にしないようにしていた。友人から聞く彼氏の話も似たり寄ったりだったからである。

だが今、花恋は恋人に対していつもより強い不満を感じていた。自分が満足するだけでなく、花恋のこともきちんと満足させてくれる人、そして事後の後始末もちゃんとしてくれる男子を知ってしまったからであろう。

隣家の幼馴染の顔を脳裏に思い浮かべた花恋は、自分でもよくわからない理由で大きなため息を吐いた。

『春日くんって何を考えているのかわからなくて、ちょっと怖くない？』

子供の頃、花恋はまわりの女友達からときどきそんなことを言われた。

その都度「真くんは怖くなんてないよ！」と否定したのだが、正直なところ、春日を怖がる人たちの気持ちもわからないわけではなかった。

春日は同学年の男子の中では背が大きい方で、身体つきもがっしりしていた。くわえて口数が少なくて無愛想だったので、近くに来られると女子は圧迫感をおぼえてしまうのである。

もちろん、花恋は春日を怖いと感じたことはない。口数は少なくても周囲を気づかえる人だとわかっていたし、何かの拍子に笑ったときなどは、いつも無愛想な顔がけっこう可愛くなることも知っていた。

十歳くらいまでは一緒に泥だらけになって遊んだものである。花恋の身体に女性としての特徴が出はじめてからは、段々と行動を共にすることが少なくなっていったが、それでも家が隣同士ということもあり、他の男子よりはずいぶん親しい関係だったと思う。

ただ、花恋は「真くん」に恋愛感情をおぼえたことはない。花恋にとって春日は仲の良い友達であり、大げさに言えば家族のようなものだった。佐倉家と春日家は親同士の仲も良く、夏休みに両家でうちそろって旅行に出かけたのは一度や二度の話ではない。

そういうこともあって、花恋は春日のことを家族のように感じていた。そして、春日も自分と同じ気持ちであると何の疑問もなく思っていたのである。

三年前に九条から交際を申し込まれたとき、花恋は心から喜んだ。九条は学校の成績もよく、サッカー部でも活躍し、話術も巧みでいつも人の輪の中心にいた。顔はアイドル顔負けであり、ファッションセンスも優れている。九条に憧れていた女の子は十人や二十人ではきかなかっただろう。

そんな相手から告白されたのだ、嬉しくないわけがない。喜んで交際を承知した。

この時、春日に相談しなかったのは悪意があってのことではない。男の子に交際を申し込まれたとき、わざわざ自分の兄弟に申し込みを受けるべきか否か相談する女の子は少数派だろう。その逆に、女の子に交際を申し込まれたとき、自分の姉妹に相談する男の子も少数派であるに違いない。

花恋にとってはそれだけのことだった。

ただ、一つだけ困ったのが相手の呼び名である。九条からは恋人らしく下の名前で呼んでほしいと言われたのだが、付き合ってすぐに「真」と呼び捨てるのは抵抗があった。

「真さん」と呼びかけるのも気恥ずかしい。というのも、花恋の母は夫のことを「さん」付けで呼ぶので、それを聞いて育った花恋にとって「さん」付けは夫婦の呼び方に感じられてしまうからである。

あだ名で呼ぶことも考えたが、これは九条が良い顔をしなかった。結局、花恋は九条のことを「真くん」と呼ぶことに決める。

これは九条の希望でもあった。花恋は同じ呼び名の幼馴染がいることを伝えたが、九条は「それなら向こうの呼び名を変えればいい」と意に介さない。

花恋は少しためらったが、せっかくできた恋人と早々に揉めるのは避けたかった。どっしりと落ち着きのある幼馴染は、自分に「春日くん」と呼ばれようと「真くん」と呼ばれようとたいして気にしないだろう、という思いもあった。

こうして花恋は春日への呼び方を変更するに至る。

そのことを当人に告げたとき、春日は予想どおり気にした様子を見せなかった。少なくとも、花恋の目にはそのように映った。

だが、この日を境に花恋を見る春日の目は冷えたものになっていく。初めての彼氏に浮かれていた花恋がそのことに気づいたとき、すでにふたりの溝は埋めようもないほど深くなっていた……。

「あん♡　あっ♡　は、ひ♡　う、く……ひんっ♡」

その夜、花恋は窓際に立って全裸でオナニーをしていた。向かいの部屋には、こちらも全裸になってペニスをしごいている春日の姿が見える。

すでに朝クンニと夜オナニーは日課となっていた。

「ん♡　ん♡　はあ、はうっ♡　あん、あん♡」

花恋は身を乗り出さんばかりに窓に近づくと、ガニ股になって腰を突き出した。自分の股間が少しでも春日によく見えるように、と考えてのことである。クリトリスを盛んにこすりたてては腰を左右に振り、懸命に春日の目を楽しませる。

そうしろ、と春日に命令されたからである。

言われたとおりにすれば春日が喜ぶ。春日が喜べば、それだけこの羞恥に満ちた時間が終わるのが早くなる。

だから、花恋は傍から見れば目を覆いたくなるような痴態をさらし続けていた。仕方ないことなのだと自分に言い聞かせ、春日に見られることで湧きあがる快感を押し殺しながら。

するといいぞ、花恋。すごく綺麗だ』

「──っ♡」

スマホの向こうから春日の嬉しそうな声が聞こえてきて、花恋はぞくりと背筋を震わせた。

花恋は今、春日を喜ばせるために羞恥を押し殺して淫らに腰を振っている。春日はそんな花恋の努力を正確にくみとって褒めてくれているのだ。

これは今だけの話ではない。春日は花恋が自主的に動くと、必ずと言っていいほどそれを見抜き、声に出して褒めてくれた。そうして褒められるたび、花恋は身体だけでなく心まで裸にさせられている感覚におちいる。

背筋を震わせるその感覚が、花恋は決して嫌いではなかった。

「見ていて、ください……♡」

スマホに向けてそう言った花恋は、クリトリスへの刺激を中断すると、両手を自分の胸にまわして下からぐいっと持ち上げる。

自分の豊満なバストをアピールしているように見えたが、花恋の行動には続きがあった。

自分のおっぱいをぎゅっと絞るように握りしめた花恋は、そのまま先端の桃色の突起を上へと向ける。

同時に、花恋は顔をうつむかせて口を開き、自分で持ち上げた胸の先端めがけて舌を伸ばした。

『おお、すげえ!』

花恋が自分で自分の乳首をなめた瞬間、スマホの向こうの春日が思わずという感じで声を高めた。その理由は、この乳首なめが今日までの春日の命令になかった内容だからであろう。

正直なところ、花恋自身もここまでやるつもりはなかった。毎晩のように窓越しにオナニーを見せ合うという淫らな行為を積み重ねたことが、花恋に常ならぬ高ぶりと大胆さを与えたものらしい。

(これも、早くオナニーを終わらせるためだから……っ)

内心で自分に言い聞かせつつ、花恋はそのままぺろぺろと左右の乳首をなめ出した。なめるだけでなく、両手で大胆に乳房を揉みしだくことも忘れない。形の良いバストがつきたての餅のように柔らかく形を変えていった。

「ん♡　ふ♡　ちゅ、ちゅ♡　んちゅ、ちゅぅぅぅ♡♡」

花恋は窓向こうの春日に見せつけるように、自分の乳首をなめ、乳房を揉みしだき、さらには音を立てて乳首を吸いたてる。

その光景はこれ以上ないくらい春日の情感を刺激したようで、スマホの向こうから――いや、窓を通して肉声で春日の興奮した声が聞こえてきた。

「花恋、もっとだ！　もっと自分のおっぱいを吸え！」

「んっ♡　ちゅ♡　ちゅ♡　ちゅううううッ♡♡」

春日に求められるまま、花恋は頬を上気させて必死に自分の乳首にむしゃぶりつく。

自分で自分の胸を揉み、乳首をしゃぶり、へこへこと腰を前後に振り、その姿を同級生の男子に見せつける。

脳髄を焼くような快楽に犯されながら、花恋はぼんやりと思う。

（……わたし、どうしてこんなことをしてるんだろう）

その答えは簡単だった。

パイズリ動画を撮られて春日にセフレになれと脅迫されたからである。従わなければ、花恋も九条も、ふたりの家族だってただではすまない。だから、花恋は春日に命令されたとおりに動くしかないのである。

では、どうして命令されてもいない淫らな振る舞いをしているのか？

この答えも簡単だった。

春日に従うと決めた以上、相手の機嫌をとることも必要だからだ。目の前で全裸になることも、オナニーしながら腰を振ることも、自分で自分のおっぱいにむしゃぶりつくことも、すべて春日の歓心を買うための行為。ひいては動画を世に出さないための行動である。

必要だから、やむをえずにそうしている。そこには何の問題もない。

問題があるとすれば、それは、やむをえずにおこなっている行為から信じられないほどの快感を得ている花恋の変化にあった。

自分が淫乱になった、とは花恋は思わない。

事実、昼間部室で九条の相手をしたときは今の百分の一も興奮しなかった。九条に胸を見られたときも、胸を揉まれたときも、パイズリをしたときだって花恋のショーツはほとんど濡れなかったのである。

それなのに、夜になって春日の前でオナニーを始めた途端、花恋のおマ×コは堤防が決壊したように大量の愛液を吐き出しはじめた。

淫乱になったのなら、九条と春日、どちらを相手にしたときも同じくらい濡れるはずである。そうでない以上、淫乱になったわけではない。

では、自分の身体に何が起きているのか。

『春日くんって何を考えているのかわからなくて、ちょっと怖くない？』

不意にかつての友達の言葉が脳裏をよぎる。

窓の向こうに立っている春日は、今日まで花恋の身体をもてあそんで興奮していたが、同時に、どこかで冷静さを保っているように見えた。

その証拠に、春日はセックスをさせろとは一度も言っていない。機会はいくらでもあった。それなのに春日が行動に出なかった理由を花恋ははかりかねていたのだが、今このとき、不意に正解がわかった気がした。

春日は今日まで花恋を調教していたのだ。ただセックスをするためではなく、セックスで感じさせるために。これまで手を出さなかったのは、花恋がセックスで感じる状態ではないと判断していたから。

その春日が月曜日に花恋の時間を求めてきたのは、もう花恋の身体は十分に調教できたと判断したからだろう。

その事実に花恋はおびえたように全身を震わせる。

（私、きっと月曜日に春日くんとセックスする）

それは予感。何の根拠もなかったが、それでも花恋は自分の予感があたることを確信した。

そして、その確信に突き動かされるように——

「～～～～～～!!♡♡♡♡」

自らの乳首をしゃぶったまま、花恋は声なき声をあげて絶頂した。

第三話　幼馴染をラブホテルに連れ込んでみた

「わぁ……！」

その部屋に足を踏み入れるや、花恋は思わずという感じで嘆声をこぼした。

部屋の中央には豪華なダブルベッド。窓際にはソファ。隅には大きなテレビが置かれ、テレビ下のラックにはカラオケとおぼしき機器が据え付けられている。

部屋の調度やカーテンは落ち着いたブラウン色で統一されており、ラブホテルではなくどこかの高級ホテルだと言われても違和感はなかった。

並んでいるパネルの中で最も高い部屋を選択した甲斐があったというものである——代わりに料金は「ご休憩」でもシャレにならない値段がしたが。

未成年の身では気軽に利用できる部屋ではないが、まあ今日くらいは贅沢してもかまわないだろう。なんといっても、今日は俺にとって記念すべき脱童貞の日なのだから！

俺はベッドに手をついて柔らかさを確認したり、ソファに腰かけて座り心地を確かめたりした後、窓辺に歩み寄って何の気なくカーテンを開ける。すると——

「おお！」

「……っ」

思わず口から驚きの声が漏れた。俺の後におずおずとついてきていた花恋も、驚いたように息をのんでいる。

部屋の窓からはこのあたりの街並みが一望できた。

この街には高層ビルが少ないので、七階建てのラブホテルからでもかなり遠くまで見わたすことができる。普段なかなか見ることができない景色に、俺たちはしばし目を奪われる。

これが最上階の高級ルームを選択した者の特権ということか。この景色を楽しめるならあの値段設定も納得できる。

ラブホテルというのはもっとセックスに特化した造りになっていて、部屋の内装や窓からの景観は二の次になっていると思っていたが、どうやら俺の認識が浅かったようだ。

今の時刻は夕方の四時過ぎ。六月の太陽はまだ空高くに浮かんでおり、地上に強い日差しを放っている。夜の八時までに家に帰るとしても、あと三時間はこの部屋にいることができる。

俺は先ほどから顔を真っ赤にしている花恋に観察の視線を送った。

今の花恋は私服姿だ。さすがに制服でラブホテルに入るのはまずいから、学校が終わった後に一度自宅に帰って着替えてきたのである。

伊達メガネをかけ、髪をポニーテールにまとめた花恋の姿は新鮮だった。服は白いオフショルダーのフリルブラウスと青いミニ丈のラップスカートの組み合わせ。オフショルダーやミニ丈で年頃の女の子の肌を見せつつ、胸をフリルでうまいこと目立たなくして学生らしい清涼感を演出している。

一言で言えば気合の入ったファッションだった。少なくとも、俺の目にはそう映る。

ただ、花恋が俺とのお出かけで気合を入れる理由はないので、身バレをふせぐ変装以上の意味はないだろう。

俺は窓からの景色に見入っている花恋の背後に立つと、両手をそっと幼馴染のお腹にまわした。

「あ……」

小さな声を漏らした花恋が緊張したように身体を強張らせる。俺はそんな花恋の身体をぐっと自分に引き寄せると、右手を伸ばして伊達メガネを外した。

そして、相手のあごをつかんでこちらを向かせる。

「花恋」

声に出して名前を呼ぶと、花恋は覚悟を決めたようにきゅっと目をつむった。その際、かすかに唇を突き出すような動きをしたのは、今日までの責めが功を奏した結果だろう。俺は遠慮なく突き出された唇に吸いついた。

「ん……ん……ちゅ、ちゅ……あむ……ちゅ……っ」

唇の感触を確かめながらキスを重ねていくと、段々と花恋の身体から力が抜けていくのがわかった。ときおりちゅっちゅっと音を立てて唇を吸ってやると、びくりと身体を震わせてまた身体を硬くするが、キスを続けているうちにすぐ身体から力が抜けていく。

俺は力の抜けた花恋の身体を後ろから抱きかかえるようにして窓から離れると、ベッド脇に移動した。そこで花恋の身体を下ろし、今度は後ろからではなく正面から幼馴染の身体を抱きしめる。

腕の中で花恋が頬を上気させながら俺を見上げている。俺はそんな花恋の唇を再び塞いだ。今度のキスは唇を重ねるだけではなく、舌を絡め合うディープなやつだ。

花恋はもう諦めたのか、それとも覚悟を決めたのか、逃げることなく俺の舌を受けいれている。

ややあって俺が唇を離すと、花恋は熱に浮かされたように目を潤ませてこちらを見た。

「あの……？」

「服を脱ぐ。股間がつらい」

俺はキスをやめた理由を端的に説明する。

その言葉どおり、俺のペニスはこれでもかとばかりにパンパンに膨れ上がって、ズボンの布地を押し上げていた。このまま外を歩いたら、一発で不審者として通報されるに違いない。

「あ……す、ご……っ」

股間を見た花恋が思わずという感じでつぶやく。

　俺はその反応に笑みを誘われつつ、相手にも脱衣をうながした。

「花恋も脱いでくれ」

「……わかり、ました」

　花恋はうなずき、俺たちは互いにその場で服を脱ぎはじめた。

　といっても男の俺は脱ぐのに時間はかからない。さっさと全裸になった後は、目を皿にして花恋の着替えをじぃっと観察した。

　視線の先では、花恋がポニーテールの髪留めを外してフリルブラウスに手をかけたところだった。

　ときおり恥ずかしそうにこちらをうかがいながら、ゆっくりとブラウスを脱いでいく花恋。ほどなくしてブラウスの下から薄桃色の下着があらわになる。

　肩紐のないストラップレスブラが大きな乳房を支えていた。はじめは無地かと思ったが、よく見れば全体に細かな刺繍が施されている。

　次いで花恋が首筋まで赤く染めながらスカートを足元まで下ろすと、ブラと同じ薄桃色のショーツが視界に飛び込んできた。こちらも丁寧に刺繍が施されており、品のある色気を醸し出している。

「今日の下着、すごくいいな。上品なのにたまらなく色っぽい」

「あ、う……っ」

感じたことをそのまま伝えると、花恋は羞恥心に耐えかねたように両手で顔を覆う。

同級生の女の子が下着姿で恥じらう姿は、なんとも言えず股間にクるものがあった。九条の奴はこんな花恋を日常的に見ていたのだと思うと、心の奥底からむらむらと湧き立ってくるものがある。

花恋を恋人にした九条への嫉妬心と対抗心。

今はまだ花恋は俺に脅されて仕方なく脱いでいるだけだ。同じ下着姿を見る行為でも、俺と九条では天と地ほどの差がある。

だが、それは今だけのことだ。花恋を九条から奪い取り、俺のオンナにする。無関心をよそおいながら、遠くからふたりを見ているだけの時間はもう終わりだ。

「花恋！」

「わっ⁉」

俺は鼻息を荒らげて花恋に抱きつくと、そのままベッドに押し倒した。

仰向けにベッドに横たわった花恋が真っ赤な顔で俺を見上げている。まばゆいほどに白い幼馴染の裸体を前に、これ以上辛抱することはできなかった。

「花恋！」

もう一度名前を呼びながら花恋の身体に覆いかぶさった俺は、右手をショーツに、左手をブラジャーにあてて、下着越しにクリトリスと乳首をそれぞれ責め立てた。

ここまでのキスで情感が高まっていたのか、すでに花恋の乳首は下着の上からでもわかるくらい硬くなっている。俺はもう片方の乳首に唇を寄せると、下着の上からはむはむと甘噛みした。

「あ、春日くん……あっ♡　ん、だめ、激し……んんっ♡」

乳首とクリトリスを爪の先で弾くたび、あるいは甘噛みするたび、花恋の口からは喘ぎ声がこぼれ落ちた。

その声にはまだ拒絶の色が残っていたが、反面、花恋はのしかかる俺の身体を押しのけようとはしない。俺から与えられる刺激を甘受している風である。

それをいいことに、歯と指を使って乳首とクリトリスをつまんだ俺は、三つの性感帯を同時に上下にしごきたてた。

「ひあああ！♡♡」

花恋は悲鳴のような嬌声をあげ、びっくんと身体を大きく震わせる。

かまわず愛撫を続けると、花恋の口から次々に甘い声があふれ出てきた。

「あっ♡　あっ♡　やだっ♡　だめっ♡　春日くん、それだめ、だめ……ふああんっ♡♡」

喘ぎ声をあげながら盛んに身体をくねらせる花恋。

股間からはくちゅくちゅと音を立てて愛液が湧き出ており、薄桃色のショーツに濃い染みをつくっている。ブラの方も俺の唾液ですっかり汚れてしまい、部屋の明かりを反射してぬらぬらと光っていた。

このまま下着姿の花恋を絶頂まで導いてしまおうか。俺は一瞬そう思ったが、すぐに考えをあらためる。

本日の初イキは花恋を生まれたままの姿にしてからにしようと思ったからであった。

「……あの、春日くん？」

俺が愛撫をやめると、花恋が不安そうに俺の名を呼ぶ。何か俺の機嫌を損ねるようなことをしてしまったのでは、と心配しているようだった。

俺はそんな花恋に優しく微笑みながら、優しくない要求を伝えた。

「そろそろセックスするぞ。下着を脱いでくれ」

「あ…………は、はい」

セックスという言葉を聞いた花恋は、一瞬何かに耐えるようにきゅっと目をつむったが、ややあって観念したように首を縦に振った。

俺が身体の上からどくと、花恋は上半身を起こして背中に手をまわし、器用にブラのホックを外す。

途端、支えを失ったバストが俺の前でぷるんと震えた。どうやら花恋が着用していたブラは少し小さめのサイズだったようで、下着の下からあらわれたおっぱいは先ほどよりサイズが大きくなった気がする。

ブラを外した花恋は大きな胸を揺らしながら、腰を持ち上げてショーツに手をかける。胸をさらしたことで踏ん切りがついたのか、ショーツを脱ぐ動作にためらいはなかった。

すべての下着を脱ぎ捨て、生まれたままの姿になった花恋を見て、俺はベッド脇のサイドテーブルに置いておいたコンドームに手を伸ばす。

そして、中の一つを手に取ると花恋に向けて放った。

反射的にコンドームを受け取った花恋に対し、俺は反り返った自分のペニスを指さして今渡したものをつけるように命じる。

花恋はわずかに眉根を寄せたが、すぐにこくりとうなずいた。ここで拒めば俺がコンドーム無しの生セックスを始めかねないと考えたのだろう。

「し、失礼します……」

ベッドの上を這って俺のもとまで来た花恋は、そのまま股間に手を伸ばしてコンドームを装着していく。これまでの九条との経験を物語るように花恋の手つきに迷いはなく、そのことがまた俺の興奮を煽り立てた。

花恋は九条と三年も付き合っているのだ。とっくに処女を捧げていることはわかっていた。わかっていたが、目の前で迷いなくコンドームをつける幼馴染を見ていると、めらめらと腹の底で煮えたぎるものがある。

と、ここで花恋が口を開いた。

「……つけ終わりました」

「よし。じゃあ始めるか」

「は、はいっ」

緊張したように声をうわずらせる花恋に対し、俺は唇の端を吊りあげながら言う。

「こちらに尻を向けて四つん這いになれ」

「……っ」

花恋はびくりと身体を震わせて、何かを言いたそうに俺を見る。

だが、俺が無言で見返すと諦めたように顔を伏せ、もそもそと後ろを向いた。

白桃を思わせる形の良いお尻が視界の中で揺れている。ひくひくと震えるお尻の穴も、てらてらと愛液で濡れ光る性器もはっきり見える。

花恋は四つん這いの体勢のまま、顔だけをこちらに向けた。羞恥で潤んだ瞳とリンゴのように赤らんだ頬がたまらなく官能的だった。

「こ、これで、いいですか……っ」

「ああ、そのまま尻をあげていろ」

そう言うと、俺はおもむろに花恋のお尻の割れ目に鼻先を突っ込んだ。

「ふひゃあっ⁉」

まったく予想していなかったのだろう、花恋の口からすっとんきょうな悲鳴があがる。

俺はかまわず尻肉に鼻先を押しつけながら、愛液をしたたらせる割れ目に舌を這わせた。何度も舌を上下させた後、陰唇を左右に開いて薄桃色の媚肉をあらわにする。

これまで陰唇によって守られていた花恋の膣口と尿道が外気にさらされ、それを感じ取った花恋がびくりと身体を強張らせるのがわかった。

俺はためらうことなく性器に舌を挿し込み、膣口と尿道とを問わず敏感な部位をなめたくる。そのたびに花恋の口から甲高い嬌声がこぼれ落ちた。

「あ、あ、ひぃっ♡　や、そんなところ……おおおっ♡　お、お、おぐうっ♡♡」

本来、恋人である九条以外は見ることも触ることもできない女の子の大切な部分を、容赦なくまさぐり、ねぶり、吸いたてる。

膣に唇を寄せ、じゅるるるっ！　と音を立てて愛液をすすりあげると、花恋はたまらず背中をのけぞらせた。

「あああああ！♡♡」

ひときわ高い嬌声をあげた花恋は、そのまま力つきたように枕に顔を埋める。

ここ数日のクンニ責めで感度を高められたせいで軽くイってしまったらしい。

俺は「ふー♡　ふー♡」と荒い息を吐いている花恋の身体を抱きかかえると——

「よいしょっと」

うつ伏せの状態で弛緩した身体をベッドの上でくるりと回転させ、仰向けの体勢をとらせる。

そして、花恋がアクメの高みから下りてくる前に相手の膝を開き、ひくひくと震える割れ目をじっと見つめた。

今、目の前にあるのはあの花恋のおマ×コだ。かつて好きだった幼馴染の、九条の恋人となった幼馴染の、今となってはろくに挨拶すらしなくなった幼馴染の性器。

クンニによる絶頂で花恋のそこはすっかり火照っており、今も愛液がぽたぽたと垂れ落ちている。匂い立つような性の香りが鼻腔を刺激し、ただでさえ硬かったペニスがさらに硬度を増していく。

バキバキに勃起したこれを花恋の膣内に挿入すれば、きっと最高の快楽を得られるに違いない。

俺はくふっと笑って亀頭を割れ目に押し当てる。

――その時、不意に「このままセックスしてしまってもいいのか？」という思いが脳裏をよぎった。

それはたぶん、俺がこれまでの人生でつちかってきた良心とか、良識とか、そういったものの声だった。

ここで花恋を犯せば、俺は二度と花恋と真っ当な関係を築くことができなくなる。それでいいのかと訴えかけてくる声に対して、俺は心中で笑いながら告げた。

花恋を俺のモノにできるなら「真っ当な関係」なんて築けなくてもかまわない。あの日、パイズリ動画を盾に花恋を脅迫した時点で賽は投げられたのだ。俺は良心にも良識にも背を向けて、幼馴染を抱いて、抱いて、抱きまくって九条から奪い取ってやる！

「挿れるぞ、花恋！」

俺は童貞であるが、花恋の性器はこれまで何度も見て、どこに何があるかは把握している。間違うことなく亀頭で膣口をさぐりあてると、勢いよく腰を突き出した。

途端、いまだ絶頂がおさまりきっていなかった花恋がとろけるような甘い声を張り上げる。

「んあああああ！♡♡♡」

睾丸を刺激する嬌声に背を押されるように、俺はぐりぐりと花恋に腰を押しつけながら肉棒で膣内に分け入っていく。

亀頭がヒダ肉をかき分ける都度、耳をくすぐる喘ぎ声が耳朶を打った。

「あっ♡　あっ♡　あっ♡　入ってくるっ♡　春日くんのが、入ってくるぅ♡♡」

子供の頃から好きだった鈴を転がすような幼馴染の声。それがみるみる快楽にまみれていく様は、ただひたすらにエロかった。聞いているだけで背中がぞくぞくと震え、肉棒が硬くなっていく。

「ああ、たまらない……たまらないぞ、花恋！」

叫ぶように花恋の名を呼びながら、俺は初めての法悦に打ち震える。

初めて女の子とセックスをしている快感。好きだった幼馴染とつながることができた快感。他人の恋人を犯している快感。ありとあらゆる快感が股間から駆けのぼってきて、俺の脳みそを煮え立たせる。

やはり花恋とセックスしないなどありえない。花恋を俺のオンナにすることを諦めるなどありえない！

俺は内心で吼えながら花恋の両脚を脇に抱え込み、より強い力で幼馴染のおマ×コをえぐっていった。

初めて侵入を果たした膣の中は焼けるように熱く、そして狭かった。

ヒダ肉の締まりも強烈で、絡みつくようにまとわりついてはペニスを押し潰さんばかりに締めつけてくる。それは射精をうながしているというより、侵入者を排除するための動きだった。

痛いほどの締めつけに反射的に眉根を寄せる。花恋に力を抜くように言おうとしたが、花恋も花恋で苦しげな表情をしていた。

「う、あ……入ってる……春日くんのが、入っちゃってる……う、く、おっきい……っ」

幼馴染の言葉を聞くや、背筋がぞくぞくと震える。

俺はこれまで膣内のきつさを「花恋が精一杯の抵抗をしている」と解釈していた。だが、どうやらそうではないらしい。俺に挿入されたことにショックを受けているのは間違いないが、抵抗している感じはしない。単純に俺のペニスの大きさに驚き、身体が勝手に反応してしまっているのだろう。

当然、比べる対象は九条なわけで、俺が「おっきい」ということは九条は「ちっさい」のである。勉強も、部活も、恋愛も、何ひとつ九条に優るところのなかった俺だが、どうやら一つくらいは九条に勝てることがあるらしい。

男としての優越感をくすぐられ、膣内で肉棒がますます大きくなる。敏感にそのことを感じ取った花恋がうめくように言った。

「まだ、大きく……な、なんで……？」

言いながら、ぎゅうぎゅうと雑巾を絞るようにヒダ肉でペニスを締めつけてくる花恋。ゴム越しとはいえ気を抜くとあっけなくイってしまいそうだ。

弱みを握ってセフレにした相手との初セックスで早漏をさらすわけにはいかん、と考えた俺は挿入を再開した。

余計なことは考えず、とにかく一度肉棒を花恋の一番奥に——子宮口に到達させることにする。

「花恋、一気に挿れるぞ」

「……え……な、にを……？」

ペニスを締めつけながら苦しげに息を吐いていた花恋が、戸惑った顔で問い返してくる。

俺はそれに返答せず、思いきり腰を突き出した。ガチガチのペニスで強引にヒダ肉をかき分け、子宮口を目指して肉棒をこじいれていく。

「おぐうううう！♡♡♡」

何度目のことか、花恋の口から甲高い嬌声があがった。

と、その嬌声が終わらないうちに、亀頭の先端が何か柔らかいものにぶつかる。

次の瞬間。

「〜〜〜〜っ!!」

両手でシーツを握りしめた花恋が、声もなく全身を痙攣させた。

同時に、肉棒を包みこんでいた膣肉がこれまで以上の強さで収縮し、俺は思わず声を漏らす。

「ぬ、お……！」

ぎゅ、ぎゅ、ぎゅうぅぅぅぅ！　とまるでペニスを噛み切ろうとしているかのように、花恋の膣が何度も何度も締めつけてくる。反射的に腰を引こうとしても、逃がさないとばかりに膣内のヒダヒダすべてが肉棒に絡みついてきた。

どうやら亀頭が膣奥に到達した時に子宮をダイレクトに突き上げたことで、花恋は一気にアクメの坂を駆けのぼったらしい。

両目から涙を流しながら、こひゅーこひゅーと喘ぐように浅い呼吸を繰り返している幼馴染。形の良い胸が呼吸にあわせてふるふると震えている。

俺は短く幼馴染の名前を呼んだ。

「花恋？」

「はあ……♡　はあ……♡」

呼びかけても答えは返ってこなかった。すっかり放心状態のようだ。

そんな花恋を見ながら、俺はこれからどうするべきかを考える。

花恋と恋人同士であれば、ここで一度ペニスを抜いて休憩を入れるべきだろう。

俺はまだ射精していないとはいえ、彼女の体調より性欲を優先するのはクズの所業である。

しかし、俺と花恋は恋人ではない。弱みを握って無理やり花恋をセフレにした俺はまごうことなきクズである。ならばここもクズらしく、己の快楽を優先するべきだろう。

俺はにやりと笑って花恋の胸に手を伸ばすと、乳房の先端にある桜色の突起を強めにつまんだ。

「あくうっ!?」

ぼんやりしていた花恋が不意の刺激で我に返る。

その視線が目の前にいる俺に向けられた。

「あ……か、春日くん、何を……お♡　ちょ、ちょっと待ってっ♡　腰、動かさないでっ♡　イったばかりで、中が敏感になってて……っ♡」

俺は相手にのしかかるようにぐっと上体をかがめると、切れ切れの声で訴えてくる花恋の耳元に口を寄せた。

そして、ささやくように言う。

「花恋」

「は、はいっ」

「花恋の中、すごく気持ちいいぞ。今にも射精してしまいそうだ」

言いながら、俺はゆっくりと腰を前後に動かす。

トントンと子宮を突かれた花恋はきゅっと眉根を寄せ、懇願するように俺を見た。たぶん本当に敏感になりすぎてつらいのだろう。

だが、俺はかまわずに自分の欲望を優先した。

「だから、射精するまでヤラせてくれ」

「う……」

俺の言葉を聞いた花恋が絶望したような表情を浮かべる。俺はかまわず腰の動きを速め、本格的なピストン運動を開始した。

オナホに射精するときのように、ただ自分の快楽だけを求めて力まかせに腰を動かし、花恋の敏感な部分を乱暴にかきまわす。

花恋はたまらず悲鳴のような喘ぎ声を張り上げた。

「ふあああっ⁉　あ、やめ——ひっ♡　ひあっ♡　ひゃあっ♡　春日くんっ♡　あっ♡　やめっ♡　んくううっ♡♡」

「ああ、気持ちいい。花恋のおマ×コ、めちゃくちゃ気持ちいいぞ！」

「あっ♡　あっ♡　あっ♡　あっ♡　あっ♡」

杭を打ちこむような激しいピストンに耐えかねて、ホテルのダブルベッドがぎしぎしときしむ。

ペニスを突き入れるたび、花恋の割れ目から愛液が飛び散り、ずちゅずちゅ、ぐちゅぐちゅと淫らな水音が室内に響いた。

そうやって責め立てていると、少しずつ花恋の膣の動きに変化が出はじめる。

力まかせに締めつけるばかりだった収縮が、精液を搾り取るような蠱惑的なものに変わりつつある。

もちろん花恋が意識してそうしているわけではなく、身体が勝手に肉棒の動きに順応しているだけだろうが、幼馴染の身体が自分に染まっていると思えば興奮もいや増すというもの。

睾丸から煮えるような射精の衝動が湧きあがってくる。

俺はここを先途とばかりに腰の動きを速めた。

「花恋！　花恋！　気持ちいいぞ！　もっとだ、もっとマ×コを締めろ！」

「ああっ♡　あああっ♡　知らないっ♡　こんなの知らないっ♡　あっ♡　あっ♡　春日くんっ♡　もうだめっ♡　もう無理っ♡♡」

「まだだ！　俺がイクまで我慢しろ！」

「あああ！♡♡　ああああああ！♡♡♡」

花恋は泣き叫びながら俺にしがみつき、両手を首にまわしてきた。

俺はしっかりと幼馴染の身体を抱きしめると、とどめとばかりに相手の子宮口を乱暴に突き上げた。それだけで花恋のおマ×コは歓喜するように愛液をまき散らし、ずちゅぐちゅずちゅう！　とさらに激しい水音を立てる。

気がつけば、絶頂の気配はもうそこまでやってきていた。

「イクぞ、花恋！　お前もイけ！　イクんだ！」

「ああっ♡　わかんないっ♡　もう何にもわかんないよぉ！♡♡」

「おおおおっ!!」

俺は叫びながら最後のピストンを花恋の膣内に打ちこみ、亀頭で子宮口を突き上げる。

次の瞬間。

「あっはあああああ!♡♡♡」

花恋はあられもない嬌声をあげながら激しく全身を震わせる。

同時に、ペニスを包みこんでいた膣肉がひときわ強い力でペニスを締めつけてきた。

「う、くううう!」

俺はかつて感じたことのない快感に背筋を震わせながら、幼馴染の膣内で思いきり精液を吐き出した。

びゅるびゅるびゅるびゅる! とゼリーのように濃厚な精液が立て続けに鈴口からほとばしる。あまりの気持ちよさに目の前が真っ白になるのを感じながら、

俺は花恋の身体をぎゅうっと抱きしめ続けた。

「あっ♡　あっ♡　あっ♡　はげしいっ♡　なんでっ♡　出した、ばっかりなのにっ♡　んっ♡　んっ♡　くうううっ♡♡」

俺はベッドの上で四つん這いになった花恋の尻肉をわしづかみにしながら、目の前の割れ目に力強く肉棒を打ちつける。

パン！　パン！　パン！　と腰と尻肉が打ち合わされる卑わいな音が室内に響き、それに合わせるように花恋の口から絶えず喘ぎ声がこぼれ落ちた。

男を射精に導く淫らな二重奏。聞いているだけでイッてしまいそうだ——と言いたいところだったが、今の俺にはそれらを楽しみながら腰を振る余裕があった。

一度盛大に射精して落ち着いたから、というのもあるが、それ以上にこれまで感じたことのない力が全身にみなぎっているのである。

その力は自信と言いかえることもできた。

セックスで処女を失った女性に対して「これでお前も女になったな」なんて男側が言うシーンを見かけることがあるが、それにならえば、花恋とのセックスで童貞を捨てた俺は、今日という日に「男になった」のかもしれない。

そんなことを考えながら、俺は幼馴染の膣に肉棒を打ちこむ作業を中断する。

それまで枕に顔を埋めながら快感に耐えていた花恋は、ようやく一息つけると言わんばかりに肩で大きく息をしている。肉付きのいい尻肉の合間から姿をのぞかせているアナルも、安堵するようにひくひくと震えていた。

俺はそんな花恋の動きを観察しながら、適切なタイミングを見計らって思いきり腰を尻肉に叩きつけた。

直後。

「んほおおおおっ♡♡」

気を緩めていたところに強烈な突き上げを食らった花恋は、背中をのけぞらせながら下品なオホ声を張り上げる。

膣内が激しくうねり、ヒダ肉が隙間なくペニスに密着して絞るように射精をうながしてきた。

俺はその感触を楽しみながら、間をおかずにピストンを再開する。

「おっ♡　おっ♡　おっ♡　おっ♡　おっ♡」

オットセイのような鳴き声を繰り返しながら、後背位の快楽に打ち震える花恋。

いやいやをするように顔を左右に振っているのは、身体中を駆けめぐる快感を少しでもまぎらわせるためだろう。

今しがた花恋の喘ぎ声からオットセイを連想したが、両手をついて四つん這いになり、しきりに顔を振っている今の花恋はオットセイに見えないこともない。

そういえば、昔の花恋の部屋にはオットセイのぬいぐるみが置かれていたな、などとどうでもいいことを思い出す。あのぬいぐるみ、今はどうなっているのだろうか。

そんなことを考えながら、俺は花恋を絶頂に導くためにペニスを出し入れするスピードを速めた。

「あーっ♡♡　あーっ♡♡　やっ♡　だめっ♡　お腹、かきまわされてっ♡　息、できな――ひぎいいいいい！♡♡♡」

許容量を超えた快楽を注ぎ込まれた花恋は、年頃の女の子とは思えない濁声をまき散らす。

俺は花恋にとどめを刺すべく、それまで尻肉をつかんでいた右手を大きく振り上げた。

そして。

「花恋、イけ！」

鋭い声で命じると同時に、花恋のお尻に右手を叩きつける。

パシンッ！　と甲高い打擲の音が室内にこだました。

次の瞬間。

「〜〜〜〜〜〜っっ!!♡♡♡」

花恋は全身をわななかせながら、声もなく絶頂した。搾精機と化した膣がペニスをわしづかみにして、はやくザーメンを吐き出せと激しくしごきたててくる。

俺はその動きに導かれるまま、本日二回目となる射精をおこなった。濃厚な白濁液が尿道を通って外へと吐き出されていく感覚に、我知らず嘆声がこぼれ落ちる。

「はぁ……たまらん」

吐き出された精液の量も勢いも最初の射精と遜色ない。むしろ、最初よりもまさっているかもしれない。

花恋の膣内からペニスを引き抜いてコンドームを見てみると、やはりと言うべきか、先端にはけっこうな量の精液が溜まっていた。

俺はゴムの口をしばり、それをベッド脇のサイドテーブルの上に置いた。ついでに冷蔵庫からミネラルウォーターを取り出して一気にあおる。

火照った身体に冷たい水分が染みわたっていく心地よさは、部活終わりの一杯のようだ。

俺は残った半分を花恋にあげようとしたが、絶頂を終えた花恋はうつ伏せで枕に顔を埋めたまま「ふー♡　ふー♡」と荒い息を吐くばかり。水を飲む気力も残っていないらしい。

俺はミネラルウォーターを口に含むと、花恋を抱え起こして唇を重ねた。そのまま少量ずつ相手の口内に流し込んでいくと、ややあって花恋がこくこくと喉を鳴らしはじめる。

口に含んだ分はすぐになくなったので、再びペットボトルに口をつけて口内に水をためた。ペットボトルを花恋に渡せば済む話なのだが、俺はあえて口移しで花恋に水を飲ませ、花恋は頬を上気させてそれを受けいれる。

水分補給をした俺たちは、その後もセックスを続けた。

正常位で、後背位で、片足を抱えながら側位で、風呂に入りながら対面座位で、ついには駅弁スタイルにも手を染めながら、セックスの快楽をむさぼり続けた。

ろくに言葉も交わさず、ただ互いの身体をぶつけ合う獣のような性交。一つのセックスの終わりは次のセックスの始まりでしかなく、俺は猿のように腰を振りながらひたすら花恋のおマ×コをほじり続ける。

正直なところ、当初の予定ではもっと花恋を大切に可愛がるつもりだった。だが、セックスの快楽はそんな俺の思惑をあっさり押し流し、肉欲の虜にしてしまう。

そして、そうやって花恋と身体を重ねれば重ねるほど、俺の中では幼馴染に対する想いが募りつつあった。

恋や愛といった真っ当な感情ではない。それは「この女は俺のモノだ」という暴力的なまでの欲望だった。

ぱっちりとした目も。可愛らしい唇も。なめらかなほっぺたも。触り心地の良い髪も。弾むようなおっぱいも。色あざやかな乳輪も。ツンと突き出た乳首も。綺麗にくびれた腰も。白桃のようなお尻も。匂い立つようなおマ×コも。ぷっくりと膨れたクリトリスも。むっちりしたふともも。見惚れるような脚も。

全部、全部、俺のものだ。誰にも渡さない。誰にも触らせない。決して逃がさない。

その欲望に名をつけるなら、独占欲であり、支配欲であり、征服欲だろう。

あの日、九条と花恋の淫事を目撃しなかったら、きっと一生その存在に気づかなかったに違いないねばつく欲望。

佐倉花恋を俺のオンナにする。

あらためてその決意を胸に刻み込んだ俺は、ニィと唇の端を吊りあげた。

「花恋」

俺が窓辺に立って花恋に呼びかけたとき、時刻はすでに夜の九時を大きく過ぎていた。

窓の外には綺麗な夜景が広がっており、いつまで眺めていても飽きそうにない。かなうならこのままご宿泊といきたかったが、さすがにそれは無理だった。俺にせよ、花恋にせよ、帰りは遅くなると親に伝えているが、外泊となれば許可を得るのは難しい。

俺は隣に立つ花恋の腰に手をまわし、乱暴に引き寄せた。

「あ……」

花恋は抵抗らしい抵抗を見せずに俺にしがみつくと、上気した顔でこちらを見上げてくる。互いに裸なのでじかに伝わってくる相手の体温が心地良い。

俺は花恋の胸に手を伸ばすと、大きな乳房を我が物顔で揉みしだいた。そうやってマシュマロのように柔らかい乳肉の感触を堪能しつつ言葉を続ける。

「次の月曜日の予定も空けておけよ」

「ん、くぅ♡　は、はいっ」

胸を揉まれて喘ぎながらうなずく花恋。その目はかすかに潤んで俺を見つめている。

俺はさらに言葉を続けた。

「それに先立って病院に行く」

「病院、ですか？」

「ピルを処方してもらうためにな」

それを聞いた花恋がビクリと身体を震わせる。

ピルを処方してもらう――つまり、次は生でやるぞ、と俺は言ったのである。さらに言えば、花恋に定期的にピルを服用させることで、いつでも中出しできるセフレにする、という意図も伝わっただろう。

これに対し、花恋は顔を真っ赤にしてうつむいた。事が事だ、弱みを握られているからと言って「はい、わかりました」とうなずけないのは理解できる。

室内に沈黙が満ちた。

これは拒絶のための沈黙なのか、それとも心の準備をするための沈黙なのか、などと考えていると、ややあって花恋が顔をあげた。

そして、どこか覚悟を決めた面持ちで小さく、しかしはっきりと「はい」と返事をする。

それを見た俺は花恋の胸を揉む手に力を込めた。先端にある桜色の突起を指で挟んですりすりとこすりあげる。

先ほどまでの激しいセックスとは一線を画する、何の変哲もない愛撫。

だが、今の花恋を絶頂に導くにはそれだけで十分だった。身をよじって喘ぎ声をあげながら性感を高めた花恋は、俺の胸にひたとしがみつきながらあっけなくアクメを決める。

甲高い幼馴染の喘ぎ声はとろけるように甘く、どこまでも綺麗だった。

幕間　佐倉花恋②

ぴちゃ、ぴちゃ、という水音が佐倉家の浴室にこだましている。

ホテルから帰った花恋がこっそりとオナニーしている音――ではなく、湯舟につかって指先でお湯を弾いている音だった。

特に理由があっての動作ではないことは、ぼんやりと宙を見つめる花恋の目を見れば明らかである。

今、花恋の意識は自宅の浴室ではなく、つい先刻まで春日とセックスをしていたラブホテルにあった。

湯舟につかりながら数時間前の性交に思いをはせていた花恋は、はぁ、と切なげに息を吐くと、しみじみと言った。

「すごかったぁ……」

春日とセックスしたことに思うところはある。弱みを握られて恋人以外の男の子と経験させられたのだから当然だ。

ただ、それを踏まえても春日と過ごした時間は「すごい」としか言いようのないものだった。

互いに快感を求めて身体をぶつけ合う獣のような性交。お腹の中に焼けた鉄の棒を挿れられたようなペニスの感触も、幅広のカリで何度も何度もヒダ肉をゴシゴシされる感覚も、当たり前のように何度も子宮口を突き上げられる感覚も、花恋がこれまで経験したことのないものだった。

経験したことがないと言えば、何時間もセックスし続けたことも初めてである。九条とのセックスは長くても一時間と続かない。男性が果ててしまえばそこで終わり、というセックスしか知らなかった花恋にとって、何回射精しても萎えることのないペニスでイかされ続けるのは初めての経験だった。

あれをセックスと呼ぶなら、これまで自分が恋人とおこなっていたのは「セックスに似た何か」でしかなかった――花恋はそう思う。

今日だけでいったい何度絶頂しただろう。子宮口をグリグリこすってくる亀頭、射精の瞬間に膣内で膨れ上がるペニス、ゴム越しでも感じることができた大量の射精。

それらの感覚を思い出しながら、花恋は左手で割れ目をまさぐった。

「ん……♡」

春日のたくましい身体の感触はまだ鮮明に残っている。気がつけば、花恋の右手は胸の先端にあてられていた。湯舟の中でクリトリスと乳首をシコリながら花恋は唇を引き結ぶ。

「ん♡　くぅぅぅ♡　ふぅ♡　ふぅ♡」

押し殺した喘ぎ声が浴室にこだまする。

父と母はもう風呂を済ませたと言っていたので、このお湯を使うのはもう自分しかいない。そう判断した花恋は、きゅっと目をつぶると脳裏に春日の顔を思い浮かべた。そして、膣の奥を激しく突き上げてきた亀頭の感触も。

それだけで花恋はあっさりと達してしまう。

「んんん！♡♡」

お湯の中でぶるぶると身体を震わせた花恋は、全身に走る快感が落ち着くのを待って、ふぅ、と息を吐いた。

ふと思い立って浴室の鏡をのぞきこんでみると、顔中を快楽でとろけさせた自分の顔が映し出される。絶頂直後のしどけない顔。

ホテルではずっとこんな顔を春日の前でさらし続けていたのだ。そう思った花恋は急に恥ずかしくなって湯舟に顔を沈めた。

そして、子供のようにぶくぶくと口から息を吐き出す。やがて息が続かなくなった花恋は、ぷは、と湯舟から顔をあげると、そのまま浴室の天井を見上げた。

「……これからどうしようかな」

ぽつりとつぶやく。

花恋は九条のことが好きである。三年以上も付き合ってきた関係なのだ、当然だろう。交際期間が長くなった分、最近は少しマンネリ気味であり、セックスについては小さな不満も感じていたが、だからといって別れたいと思ったことは一度もない。

九条も恋人として花恋を大切に扱ってくれた。記念日ごとのデートやプレゼントも欠かしたことはなく、浮気をしたこともない。

後者については当然と言われるかもしれないが、容姿も成績も性格も良く、サッカーでプロ入りを期待されるほどに将来性がある九条は、学校の内外で多くの女性からアプローチされる身なのである。中には花恋から見ても魅力的と思える女性もいたが、九条が彼女らの誘いになびいたことは一度もなかった。

花恋は恋人のそういった態度を好ましく思っている。白状すれば、九条の彼女としてまわりの同性から羨望や嫉妬の視線を向けられることに、女性としての自尊心をくすぐられてもいた。

今回のことがなければ、ふたりは何の問題もなく付き合いを深め、さらに四年、五年と交際期間を延ばしていったに違いない。そして、いずれは結婚ということになっていただろう。

だが、春日にあの動画で脅迫されてから一週間。たった七日たらずの時間が、三年以上かけて丁寧に積みあげてきた花恋の恋愛を無茶苦茶にしてしまった。

繰り返すが、佐倉花恋は九条真のことが好きである。

九条の誘いを断って春日とホテルに行ったのは、そうするしかなかったからだ。たとえ春日の要求をはねつけても、動画を持ち出されたら結局従うしかない。それなら、はじめから素直に応じた方が春日の心証も良くなると考えた。

下着を含む今日のファッションも、花恋なりに春日の歓心を買おうと思ってがんばった結果である。

そうすることで花恋は動画の拡散を防ぎ、九条と自分を守ったのだ。九条に見切りをつけて、春日に媚びたわけでは決してない。

ただ。

そう、ただ、やむをえずに春日に従った結果、春日とのセックスに我を忘れるくらい感じてしまっただけなのである。

春日に抱かれているとき、花恋は恋人のことをほとんど思い出さなかった。ときおり九条の顔が脳裏をよぎることもあったが、そのとき、花恋は決まって頭の中で九条と春日のセックスを比べていた。

そのことを思い出して、花恋は深いため息を吐く。

「………………私、最低だ」

自分の身体を抱きしめるように湯舟の中で二の腕をつかむ。

だが、そうやって自分のおこないを反省しようとしても、思い出されるのは常に春日とのセックスだった。

何度も何度も性器をほじくり返され、涙と鼻水とよだれをまき散らしながらアクメを決めた自分。あれを見て、恋人を守るためのやむをえない行動である、と思う人間はいないだろう。花恋自身だってそうは思えない。

自分は春日から与えられる快楽に溺れきっていた。そこには「恋人のために仕方なく」なんて気持ちは少しもなかったと言っていい。

でも、それは仕方ないことだと思う。あんな獣のようなセックスで膣内を突かれまくったら、どんな女の子だって正気を保ってはいられない。へこへこと腰を振りながら、涙を流して快楽に溺れるしかない。

先ほどまで自分と一緒にいた男の子は、花恋の知る幼馴染ではなかった。むせるような熱と欲望で女の子を押し倒し、腰を振って責め立てるケダモノだった。

自分が満足して射精するまで、女の子がどれだけ泣き叫んでも許してくれないケダモノ。そうやって女の子を快楽漬けにして自分の精液を浴びせかけ、力つきた女の子が己の精液にまみれている姿を見て心地よさそうに笑う――そんなケダモノだった。

「~~~っ♡♡」

嗜虐的な春日の笑みを思い出した花恋の性器が勝手に愛液を分泌しはじめる。

花恋はぐっと唇を噛んで考える。

あんなセックスを経験したら、もう元の自分には戻れない。戻りたくない。仮に戻ろうとしても、身体がそれを許さない。その証拠に、春日の顔を思い浮かべただけで性器が勝手に濡れてしまう。

九条とのセックスでは、きっと一生こんな気持ちにはなれないだろう。九条への想いを自覚してなお、花恋は強くそう感じた。

こんな気持ちを抱いてしまった自分はもう九条の恋人ではいられない。九条に事情を話して別れるべきだった。それが三年間付き合った恋人へのけじめというものである。

ただ、花恋には不安があった。

一口に事情を話すと言っても、正直にすべてを話せば九条が激怒して春日を責め立てるのは必至である。学校や警察に訴え出るかもしれない。

そんなことになれば、花恋がこれまで耐えてきた意味がなくなってしまう。それは避けたかった。

かといって事情を隠して恋人に別れを告げるのは不義理であるし、九条が納得するとも思えない。

九条との関係について春日にうかがいをたてるという手もあるが、春日ははじめに「九条との関係には口を出さない」と明言している。花恋が相談しても、好きにしろ、と言うだけだろう。

自分はどうすればいいのか、あるいは、どうしたいのか。

考えあぐねた花恋は、はふ、と小さく息を吐いて両手で風呂の水をすくうと——

「えい！」

それを自らの顔に向けて、パシャリ、と叩きつけた。

◆◆◆

その後、自室に戻った花恋はベッドに寝転がりながらスマホを起動させる。

そこには友人たちからたくさんのメッセージが届いていた。ホテルにいる間は電源を切っていたのである。

花恋は届けられたメッセージに一つ一つ返信していく。

ほとんどはたいしたことのない内容で、花恋はぽちぽちとメッセージを打ちこみながら「これが終わったら今日はもう寝よう」などと考えていた。

このところ日課になっている夜オナニーについては、ホテルからの帰り道で「今日は免除する」と伝えられている。

その時のことを思い出しながら残り少なくなったメッセージを見ていると、不意にめずらしい名前が視界に飛び込んできた。

「え？　水紀ちゃん？」

花恋は思わず声をあげる。

メッセージ欄に記された名前は九条水紀。花恋の恋人である九条真の妹だった。

水紀は花恋の一つ年下であり、少し前におこなわれた陸上の大会で表彰台に上がったほどのスポーツ選手である。

ただ、その代わりと言うべきか、いまどきめずらしい機械音痴の子でもあった。

水紀がスマホで使うのはもっぱら通話機能のみであり、メッセージなど滅多に寄こさない。

ふと気づいて通話記録を見る。メッセージ欄に気を取られていて気づかなかったが、水紀から何度も着信が入っていた。着信時刻は花恋たちがラブホテルに入った頃で、それこそ一分おきに名前が並んでいる。

花恋は嫌な予感がした。

水紀は物静かで落ち着いた子であり、滅多なことで取り乱したりしない。その水紀がこんなに短時間に何度も電話をかけてきたのはどうしてなのか。

花恋はおそるおそる水紀からのメッセージを確かめる。

　すると。

『花恋さん。これはどういうことなのでしょうか』

　人柄をしのばせる丁寧なメッセージに続き、二枚の写真が貼られていた。

　最初の一枚は並んで歩くふたりの男女。あわてて撮ったためか手ブレがひどかったが、それでもだいたいの服装は見て取れる。間違いなく今日の花恋と春日の服装だった。

　そしてもう一枚の写真には、そのふたりが並んでラブホテルの中に入っていく姿が映し出されていた。

第四話　幼馴染と一緒に九条妹に会ってみた

夜半、何やらあわてた様子の花恋から連絡を受けた俺は、花恋とふたりでホテルに入るところを九条の妹に目撃されたことを伝えられる。

花恋は声を震わせて危急を訴えていたが、俺はまったくと言っていいほど動じなかった。

「そんなに心配する必要はないだろう」

『でも、水紀ちゃんに見られたってことは、九条くんにも知られたってことで……！』

花恋の返答を聞いた俺は一瞬眉をひそめた。花恋が九条のことを「真くん」ではなく「九条くん」と呼んだことに気づいたからである。

だがすぐに「まあ、急のことで混乱してるだけか」と判断して話を先に進めた。

「九条が知ったなら、お前のところはもちろん俺のところにも連絡が来てるはずだ。それこそ矢のようにな。でも俺のところにはそれらしい連絡は来てないぞ。そっちにも来てないんだろ?」

『あ……は、はい。来てるのは水紀ちゃんの連絡だけ、です』

「なら妹はまだ誰にも言ってないってことだ。その写真、こっちに送れるか?」

ややあって花恋から送られてきた証拠写真は、案の定ブレがひどく、後ろ姿しか映っていなかった。おまけに花恋はいつもと違うポニーテール姿だ。これでは仮に写真を公表されたとしても、いくらでも白を切ることができる。

九条妹もそれがわかっているから、自分のところで情報を止めているのだろう。

——あるいは、どうしていいかわからないのかもしれない。

花恋の話を聞くに、九条妹は真面目な性格のようである。兄の彼女である花恋とも親しくしていたらしい。その花恋が兄以外の男とラブホテルに入る場面を目撃してしまったら、普通の女の子なら戸惑って当然だ。

もしかしたら花恋ではない可能性だってある。だから、九条妹は兄に告げる前にまず花恋に事情を問いただそうとしたのだろう。

俺は会ったこともない相手の心中を推測しつつ花恋に問いかけた。

「妹に返事はしたのか？」

『まだです。その、まず春日くんに相談しないとって思って』

「わかった。それならこう伝えておいてくれ。電話で話せることではないから、明日サッカー部の部室で直接説明するってな。時刻は朝練の前ってことで六時半くらいにしておくか」

その時間なら他の生徒はまず登校していない。少々時刻が早いが、事が事だから九条妹も文句は言わないだろう。

話し合いの場所は、花恋が鍵を管理しているマネージャー室にしよう。

俺がそう伝えると、花恋はすぐに「わかりました」と返事をし、実際に九条妹にメッセージを送ったようだった。

ややあって、向こうから了承の返事がきた、と花恋が伝えてくる。俺はうなずいてスマホケースの角をトントンと叩いた。

「この時間に即答か。そうとう気にしていたようだな」

『そうですね……真面目で正義感の強い子なので、浮気なんて一番嫌いなことだと思います』

そこで一拍置いてから、花恋は不安そうに問いかけてきた。

『春日くん。水紀ちゃんになんて話すんですか？』

問われた俺は、さして考えることなく応じる。

「正直に説明するさ。俺とお前がホテルに行っていたのは事実で、それはお前と九条が部室でパイズリしていたことを隠すためだったってな」

『そ、そんなこと話して大丈夫なんですか？』

面食らったような花恋の問いに、俺はまたしてもあっさり答えた。

「問題ない。あのパイズリは九条から強引に求めたものだった。そのことは動画に残ってる。つまり、九条妹はすべての元凶は自分の兄であり、お前はその尻ぬぐいをするためにやむをえず俺とホテルに行ったと知ることになる」

真面目で正義感の強い子なら、自分の兄の不始末に顔を青ざめさせるだろう。花恋に頭を下げこそすれ、責めるような真似はしないはずだ。

そう言うと、花恋が焦ったように言う。

『私についてはそうかもしれませんが、春日くんのことは……！』

「花恋を脅迫したって責めてくるかもな。心配するな。そのあたりはうまいこと言いくるめるさ」

だから気にするな、と告げると、スマホの向こうの花恋は戸惑いながらも「はい」と言葉を返してきた。

少し間を置いて、花恋は次のように言葉を続ける。

『──何か、私がしなければいけないことはありますか？』

「特に示し合わせておくことはないな。強いて言うなら、俺をかばおうとするな」

脅迫されたはずの花恋が、俺に対して好意的に振る舞えば九条妹も疑念を抱くだろう。

そのあたりだけ気を付ければいいと伝えた俺は、花恋に早く寝るように伝えて、この話題を打ち切りにかかった。

「言ったように、明日はいつもより早く登校しないといけないからな。寝坊するなよ」

『……わかりました。あの、おやすみなさい、春日くん』

「ああ、おやすみ──ああ、そうだ。妹の写真か何かあったら送っておいてくれ」

『はい。この前の大会のときに撮ったのを送りますね』

その言葉を最後に俺たちは通話を終えた。まもなく花恋から二枚の写真が送られてくる。

いずれの写真にも陸上部のセパレート型ユニフォームを着た少女が映っていた。写真ごとに髪型が異なっているのは、競技前に撮った写真か、競技後に撮った写真かの違いであろう。

一枚は長い黒髪をストレートに垂らし、はにかんだ表情で表彰状をカメラに向けている。

もう一枚は髪を頭の後ろで結わえてポニーテールにしており、花恋と何やら楽しそうに話している。たぶん、撮ったのは九条だろう。

俺は写真に写っている九条妹をじっと見つめた。

身体にぴたりと張り付いたユニフォームのおかげで全身のラインがよくわかる。スポーツ選手として鍛えられた身体は鋭く引き締まっていたが、それでも女性としての柔らかさを随所に残していた。

胸は花恋よりもずっと控えめだが、ユニフォームを下から押し上げる膨らみは確かな存在感を放っている。むき出しの腰回りはすっきり引き締まっており、長く伸びた脚はカモシカのようにしなやかだ。写真越しに見ているだけで目を惹かれる華があった。

何より俺が目を奪われたのは妹の下半身を包むブルマ——レーシングブルマである。

あらわになったおへそから下、鼠蹊部からふとももにかけてのラインを衆目にさらす格好は、それが機能性を優先した結果に過ぎないとしても魅力的に感じる。端的に言えばエロい。

ふっくらと膨らんだブルマの股間を見れば、その印象はさらに強まった。もちろんそれは恥丘の形などではなく、ブルマの下に穿いたサポーターが浮き出ているだけだとわかっている。

それでも俺はしばらく二枚の写真から目を離せなかった。

「九条水紀、か」

写真の向こうにいる少女の名を口にしてみる。

これまで俺は花恋を除く女子に対してほとんど無関心だった。どうせ関わることのない相手なのだからと関心を向けず、クラスメイトともほとんど話をしたことがない。そんな自分をあらためようと思ったこともなかった。

だが今、俺は九条妹——水紀に対してはっきりと関心を抱いている自分に気づいた。もっと直接的に言えば、水紀を抱きたいと思っている自分に気がついた。花恋とのセックスで童貞を捨てたことで、俺の中のオスが目覚めたのかもしれない。まあ、単に美少女のブルマ姿に欲情しているだけかもしれないが。

それはさておき、花恋と水紀は同じ女の子といってもけっこう体格に違いがあった。

花恋の場合、大きな胸やくびれた腰、それに尻まわりの肉付きからはっきりと「女」が感じられる。桜にたとえれば——佐倉だけに——八分咲きというところだろう。

一方、水紀の身体付きは随所に女性らしさを匂わせているものの、まだまだ未熟で硬い印象がぬぐえない。桜にたとえれば三分咲きである。

そんな未熟で初々しい肢体を、自分の色で染め上げるのはさぞ楽しいに違いない。俺の中のオスがそうささやいている。

写真の中ではにかんでいる美少女を背後から抱きしめ、ユニフォームの下に隠れているつつましい胸を力まかせにわしづかみにする。水紀は顔を苦悶と嫌悪に歪めて悲鳴をあげるだろう。

もちろんブルマの上から股間を揉みしだくのも忘れない。俺より一つ後輩なのに大会で表彰台に上がるような少女だ。兄と同じように周囲から期待され、大事にされてきたことは想像にかたくない。そんな子が大切なユニフォームの上から無理やり股間を揉まれたりしたら、どんな反応を見せるだろうか。

きっと水に落ちた猫さながらに暴れまわるに違いない。そんな少女の抵抗を力ずくで押さえこみ、膝を割って正常位の体勢に持ち込む。水紀がどれだけ逃げようとしても、膝の間に身体を入れてしまえば抵抗のしようがない。

そうして水紀を追いつめたら、亀頭でブルマを横にずらして性器をあらわにするのだ。

水紀は泣くだろうか、あるいは俺を睨むだろうか。口をきわめて罵ってくるかもしれない。

そんな水紀に満を持して肉棒を突き入れる。ほんの数ヶ月前まで義務教育を受けていた未熟な女性器を、俺のペニスで乱暴に貫いて子宮口を突き上げる。たまらず泣き叫ぶ水紀を容赦なく犯していく想像は、自分でも驚くほど股間に響いた。花恋を泣かせて興奮したときにも思ったが、俺はけっこうSっ気があるのかもしれない。

ふと思う。

花恋は九条と付き合っていたが、水紀に彼氏はいるのだろうか。別に処女性にこだわりはないが、花恋のときは処女を奪えなかったので、できれば水紀には清らかな乙女でいてほしいとは思う。処女とセックスをした経験は今後の自信になるはずだ。

そんなことを考えながら、俺は眠りにつく。

その夜、水紀を強引に組み伏せてセックスする夢を見たのは、我ながら単純というしかなかった。

明けて翌日。

いつもより早く家を出た俺は、いつも以上にひとけのない通学路を花恋と連れ立って歩いていた。

昨日の電話では不安そうな様子を見せていた花恋も、一晩たって落ち着きを取り戻したようである。あるいは、恋人の妹を俺から守らなければならないという思いが動揺を払い落としたのかもしれない。

その後、学園に到着した俺たちは部室棟に直行する。俺は花恋にマネージャー室の鍵を開けさせると、自分だけ部屋の中に入り、花恋には部室棟の前で水紀を待つように言った。

陸上部の水紀はサッカー部の部室棟に入りづらいだろう。花恋を残したのは、俺が待っていては水紀が警戒して近寄らないかもしれないと考えてのことだった。

約束の六時半になる三分前。マネージャー室のソファに腰かけていた俺の耳に花恋の声が聞こえてきた。

「こっちよ、水紀ちゃん」

「はい、花恋さん」

花恋の声に続いて聞きおぼえのない女子の声が耳にすべりこんでくる。どこか硬さを感じさせる澄んだ声音はいかにも生真面目そうだ。

ややあって、花恋に連れられてマネージャー室に九条水紀が入ってくる。当たり前だが、昨夜見た写真とそっくりだった。

水紀は室内にいる俺を見て警戒するように眉根を寄せる。そして、何かに気づいたようにキッと睨みつけてきた。

昨日、花恋と一緒にいた男であると気づいたのだろう。

水紀は凛とした雰囲気の美少女で「可愛い」よりも「綺麗」が当てはまる顔立ちをしている。そんな水紀が表情に敵意をにじませるとかなりの迫力があった。写真の水紀はにこやかに笑っていただけに、なおさらそう感じられる。

と、ここで水紀がとがった声で俺に話しかけてきた。

「昨日、あなたと花恋さんがホテルに入っていくところを見ました」

「たしかに昨日、俺たちは駅前のラブホテルに行ったな」

「認めるんですね？」

水紀が確認をとってくる。もしかしたらボイスレコーダーでも使っているのかもしれない。

昨日の写真では俺を明確に判別することはできないので、音声を録音しようと考えた可能性はあった。

俺はそのことに思い至ったが、さして気にすることなく話を進める。

「認めるさ。事実だしな」

「花恋さんが何の理由も無しに兄さんを裏切るとは思えません。あなたが無理やり言うことを聞かせたはずですっ」

「それも認める。俺は花恋の弱みを握ってセフレになるよう強要した」

うなずいてみせると、水紀はしてやったりと会心の笑みを浮かべて、ブレザーのポケットからスマホを取り出してみせた。

「今の言葉はすべて録音させてもらいました！」

「用意周到なことだな」

「あなたのように女性を性の対象としてしか見ない卑怯者の相手は慣れていますから。さあ、花恋さんの弱みとやらを渡してください。断ればどうなるかはわかりますよね？」

言いながらスマホ片手に俺を睨みつけてくる水紀。

卑怯者の相手には慣れている、というのがどういう意味なのかはわからないが、脅迫者に弱気なところを見せてはダメだ、ということは理解しているらしい。

俺に詰め寄る水紀を見て、それまで黙っていた花恋があわてたように口を開いた。このままだと水紀が俺の怒りを買ってしまうと恐れたのだろう。

「あの、水紀ちゃん、少し落ち着いて――」

「大丈夫です。花恋さんは心配しないでください！」

俺への追い込みを邪魔されたくなかったのか、水紀が花恋の言葉をぴしゃりとさえぎる。

それを見た俺は、綺麗な顔に似合わない水紀のじゃじゃ馬っぷりに苦笑しつつ、自身のスマホを取り出した。

もう少し跳ねまわる水紀を見ていたい気もするが、あまり時間をかけると他の部員が登校してくるかもしれない。ささっと終わらせるべきだろう。

俺はスマホの画面を水紀に向け、大音量で動画をスタートさせた。

『ねえ、真くん、ホントに部室でするの？　皆に見つかっちゃったら……』

流れはじめたのはもちろん件のパイズリ動画である。

花恋が頬を赤らめ、水紀が戸惑ったように眉をひそめる。

『大丈夫さ。これまでだって見つかったことないだろ？　だから、ほら、花恋』

その声を聞いた水紀はハッとした顔をした。兄の声であることに気づいたのだろう。

水紀が何か言おうと口を開きかけたが、それより早くスマホの中の花恋たちが会話を続けた。

『でも、皆に悪いよ。せめて部活が終わってからにしよ？』

『なあに、マッサージみたいなものだよ。選手の疲れを癒すのもマネージャーの仕事さ。だから……な、花恋、いいだろ？』

画面に映った花恋は少しのためらいの後、胸をあらわにする。九条兄もペニスを取り出し、ふたりは仲良くパイズリを始めた。

そんなふたりを見ながら、水紀は凍りついたように動かない。

ややあって、その口から震える声が発される。

「な、なんですか、これ……」

「ご覧のとおり、お前の兄貴とそこの花恋が、事もあろうに部活の真っ最中、部室でパイズリを始めた動画だよ。俺はこの動画を拡散させないことを条件に、花恋にセフレになるよう強要したんだ」

そう言うと、俺はいつか花恋に話したように、この動画が拡散されたときに起こるであろう出来事を並べ立てた。特に九条兄のことを念入りに。

「卒業後のプロ入りを噂されるお前の兄貴にとっちゃ、部活中に練習をさぼってマネージャーにパイズリさせていた、なんて大きな醜聞だな。男子からも女子からも白い目で見られるだろうし、ネットで情報が拡散すればマスコミにも目を付けられる。お前のところにも記者が殺到するんじゃないか？　お前はお前で陸上で名前を知られているからな。なんなら俺がインタビューして、その映像を公開してもいい。こんな風にな――九条水紀さん、先日の大会でのご活躍おめでとうございます！　ところでお兄さんの淫行が明らかになって、今どんなお気持ちですかぁ？　マイクに向けて一言お願いしまぁす！」

嫌みったらしくインタビュアーの真似事をしてやると、水紀がくっと奥歯を噛みしめたのがわかった。

だが、まだ水紀の目には俺への敵意が残っている。そして、なんとか状況を覆そうと、言い訳とも言えない言い訳を口にした。

「た、たしかに兄さんたちがやったことは褒められたおこないではありませんが、別に犯罪を犯したわけではありません。恋人同士の愛情が、少し度を過ぎてしまっただけでしょう。そこまで大事になるとは思えませんっ」

「そうか。それなら部員たちにお前の口から説明してやればいい。インターハイ予選の真っ最中に練習をさぼり、部室でチ×ポ丸出しにしてマネージャーにパイズリさせた挙句、汚らしいザーメンをまき散らしたのは、恋人同士の愛情が行き過ぎてしまった結果なので兄さんを許してあげてくださいってな」

そう言うと、水紀はひるんだように目を泳がせる。

俺はさらにたたみかけるべく言葉を重ねた。

「そうそう。これが初犯じゃないってことも説明しておけよ。恋人とセックスしたけりゃ部活が終わった後でいくらでもできる。花恋に頼めば男子禁制のマネージャー室を使うこともできた。それなのに九条はそのどちらも選ばなかった。いつ誰に見られるかわからないスリルと背徳感でザーメンを吐き出すことがくせになってるんだろうな。恋人同士の愛情が行き過ぎてしまった結果？　ばかも休み休み言え」

吐き捨てるような口調で水紀を責める。セックスだのパイズリだの、チ×ポだのザーメンだのといった淫語を並べ立てたのは、もちろん水紀に対する嫌がらせだ。

水紀は羞恥と屈辱で顔を真っ赤にしたが、反論はしてこなかった。九条がやったことは「行き過ぎた愛情」で片づけるには無理がある。そのことは水紀も理解しているのだろう。

ぎゅっと拳を握りしめて恨めしげにこちらを睨む水紀に対し、俺はとどめとばかりに告げた。

「聞いてのとおり、パイズリを求めたのはお前の兄貴だ。花恋は止めようとしたけど、お前の兄貴はそれを聞かずに強引にパイズリさせた。つまり、すべての元凶はお前の兄貴なんだよ。花恋はそんな兄貴を守るために、セフレになれという俺の要求を受けいれた。お前が見たとおり、ホテルにまで付き合わされてセックスの相手をさせられた。全部お前の兄貴のせいだ」

これを聞いた水紀がたまりかねたように口を開く。

「そ、それは詭弁です！　兄さんのやったことと、あなたが花恋さんにやったことはまったく別の話です！　兄さんたちが許せないっていうなら、他に取る手段はいくらでもあったはず。それをせずに動画を盾に花恋さんを脅迫したのは、単に自分の欲望を満たすためでしょう⁉」

「確かにな。だが、俺が欲望を満たすきっかけをつくったのがお前の兄貴であるのは事実だ。である以上、やっぱり原因はお前の兄貴なんだよ」

俺はそう言うと、花恋に目を向けた。

そして短く告げる。

「花恋。脱げ」

「……は、はい」

俺の命令に、花恋は恥ずかしそうに顔をうつむかせて応じた。

おもむろにブレザーを脱ぎ、胸のリボンをほどき、ワイシャツのボタンを外していく。すると、清楚な水色のブラに包まれたバストが弾むようにまろび出てきた。

俺や水紀の前で肌をさらすことに恥じらいを見せつつも、その動きが止まることはない。

花恋がファスナーを下ろすと、ぱさっと音を立ててスカートが床に落ちる。ブラと同色のショーツがあらわになるや、それまで唖然としていた水紀が我に返り、悲鳴じみた制止の声をあげた。

「か、花恋さん⁉　やめてください！　どうしてこんな人の言うことを聞くんですか⁉」

それは花恋に向けられた質問だったが、俺は会話に割り込んで水紀の注意を自分に向けた。

「花恋が喜んで脱いでいるとでも思っているのか？」

「どういう意味ですか⁉」

「脱ぐしかないから脱いでいるに決まってるだろ。ここで自分がためらえば、俺がさっきの動画を拡散させるってわかってるのさ。そうなれば恋人や恋人の家族にも迷惑がかかる。つまり、花恋はお前ら兄妹のために脱いでるんだ。『どうしてこんな人の言うことを聞くんですか』、だ？　お前らのために決まってるだろうが！　ここまで話を聞いておいてその程度のことも理解できないのか!!」

これまでの口調を一変させ、怒鳴りつけるようにビシリと強く言い放つ。

それを聞いた水紀はひるんだようにびくりと肩を震わせると、一歩二歩と後ずさった。

そんな水紀を尻目に、俺は再度花恋に命じる。

「花恋。こっちに来い」

「はい」

言われるままに俺の前に立つ花恋。

俺は右手を花恋の股間に、左手を胸に伸ばし、水色の下着に包まれた乳首とクリトリスを優しく愛撫してやった。

「今日も可愛い下着だな。よく似合ってるぞ」

「あ、ありがとうございます……んっ♡　春日くんに褒めてもらえて、嬉しいです……んくぅ♡」

「乳首もクリトリスも気持ちいいか？」

「は、はい、気持ちいいです。春日くんの……ん♡　か、硬くて、ごつごつした指で、撫でてもらうの、好き、です……っ」

花恋は媚びるように言葉をつむぎながら、大人しく俺の愛撫に身を任せる。そんな花恋を見て、水紀は信じられないと言いたげに首を左右に振っていた。

俺は水紀に向けて声をかける。

「花恋が好きこのんで媚びを売っていると思うなよ。これも俺の歓心を買って、少しでもお前たち兄妹に降りかかる危難を少なくするためだ」

「う……」

「そうやって花恋が頑張っている間、お前の兄貴はのんべんだらりんと日常生活を送っていたわけだ。花恋の異常に少しも気づかずにな。なんともまあ薄情な恋人だな。お前も同じだぞ、水紀」

初めて声に出して水紀の名前を呼ぶ。

だが、水紀はすでにいっぱいいっぱいのようで、そのことに気づいた様子はなかった。

「わ、私?」

「そうだ。昨日も花恋はお前たちのために何時間も俺に抱かれた。それなのに、お前は花恋の浮気を疑って写真を撮り、これはどういうことなのでしょうか、なんてメッセージを送って花恋を問い詰めた。これを薄情と言わずになんと言う」

「それ、は……っ」

「今だってそうだ。すべての原因が自分の兄貴だとわかって、花恋が自分たちのために身体を投げ出していることを知って、それでもお前は突っ立ったまま動かない。『私が花恋さんの代わりにセフレになります』くらいのことを言えないのか？」

いよいよ核心を切り出すと、水紀は嫌悪で顔を歪め、じりじりと後ずさりしはじめる。

その姿を見た俺はわざとらしくため息を吐いた。

「ここまで言っても何もしないのか。それならもういい――花恋、下着を脱げ」

「はい……！」

花恋が頰を上気させて下着を脱いでいる間、俺はソファから立ち上がってカチャカチャとベルトを外すと、穿いていたトランクスごとズボンを足首まで下ろした。

そして、あらためてマネージャー室のソファに腰を下ろす。

あらわになった俺の股間では、硬くそそり立ったペニスがまっすぐ天井を向いている。その先端は先走り汁でテラテラと濡れ光っていた。

捨て鉢になったように水紀が大声を張り上げる。

俺はそんな水紀にねっとりとした声で確認をとった。

「それは俺のセフレになる、という意味か？」

「そ、そうです……」

「そうか。それなら花恋のようにさっさと服を脱げ」

そう告げると、水紀は目に涙をにじませながら俺を睨んだ。

だが、俺が苛立たしげに睨み返すと、視線をそらしてうつむき、のそのそとブレザーのボタンを外しはじめる。

その動きは遅かった。先ほどの花恋に比べると、亀が歩くというよりナメクジが這っているような遅さである。

俺は大きく舌打ちした。

「さっさとしろ。お前が脱ぎ終わる頃には朝練どころか授業が始まっちまうぞ」

「し、仕方ないじゃないですか。男の人の前で、服を脱いだことなんてないんですから……っ」

ようやくブレザーを脱ぎ終えた水紀は、ワイシャツのボタンを上から順に外していく。

そうしながら、このまま俺にペースを握られるのはまずいと考えたのか、水紀はこんなことを言ってきた。

「私がセフレになれば、もう花恋さんには手を出さないんですよね？」

「ん？　そんなわけないだろ。お前がセフレになろうとなるまいと、花恋はこれからもずっと俺のセフレだ」

あっさり否定すると、水紀が驚いたようにボタンを外す手を止めた。

そして眉を吊りあげて俺を見る。

「話が違います！　私が花恋さんの代わりになれば、もう花恋さんには手を出さないと約束してください！」

「あほか。お前程度が花恋の代わりになれるわけないだろ」

俺は下着を脱ぎ終えて全裸で立っていた花恋の腕をつかむと、ぐっと力を込めてソファに引き寄せた。花恋は「わっ」と驚いた声をあげて、俺の上に倒れ込んでくる。

対面座位のような形で向かい合う俺と花恋。

俺は花恋の背に手をまわすと、そのまま優しく抱きしめて言った。

「花恋は俺のオンナだ。他の誰とも引き換えにするつもりはない。水紀、お前にできるのは俺のセフレになって、ときどき俺に抱かれて花恋にかかる負担をほんの少し肩代わりする。それだけだよ」

普通に考えたらわかるだろ、と俺は花恋の肩越しに水紀を嘲笑する。

「見ろ、この抱き心地の良い身体。それに、恋人を守るために自分を犠牲にできるくらい献身的で情が深い。こんな良いオンナ、日本中探したっていやしないぞ。どこをとってもお前とは比べ物にならない」

言い終えた瞬間、花恋がびっくりするくらいの力でぎゅうっと俺を抱きしめてきた。

俺が戸惑っていると、そうとは知らない水紀が声を荒らげる。

「なら、どうして私にセフレになれなんて言ったんですか！」

「何度も言わせるな。たまに花恋の代わりくらいは務まるかと思っただけだ。筋ばって抱き心地の悪そうな身体も、ときどきなら楽しめそうだしな」

そこまで言った俺は、ここで表情を変えて水紀を冷たい目で睨んだ。

そして吐き捨てるように言う。

「けど、もういい。お前と花恋、身体もそうだけど、それ以上に性格が比べ物にならない。完全に興味が失せた。もう帰っていいぞ」

しっしっと手で水紀を追い払う仕草をした後、俺は花恋の身体を抱き上げて股間のペニスを膣口に押し当てた。

——ちなみに、直前の水紀との会話の間に、花恋の身体をブラインドにしてすでにコンドームは装着済である。たぶん、水紀は気づいていないだろう。

俺は抱えていた花恋の身体を落とし、同時に腰を上へと突き上げた。

次の瞬間。

「んあああああ!!♡♡♡」

一瞬で膣内を蹂躙され、最奥部の子宮口を突き上げられた花恋が、悲鳴じみた嬌声をあげて上半身をエビのようにのけぞらせる。

がくがくがく！　と激しく身体を震わせる花恋を見て、水紀がおびえたような声をあげた。

「ひぃ!?」

見る者が見れば花恋が快楽にもだえているのは明白である。が、この手のことに免疫のない水紀の目には、花恋があまりの激痛にもだえているように見えたに違いない。

俺はそんな水紀の様子を面白そうに観察しつつ、花恋の身体を激しく突き上げていく。

そうやって膣の奥に亀頭を叩きつける都度、膣の中がきゅうきゅうとペニスを締めつけてきて、なんとも言えない気持ちよさが背中を這いのぼっていく。

たまらず突き上げの速度をあげると、花恋は水紀が見ていることも忘れたように盛んに喘ぎ声をあげた。

「あんっ♡　あんっ♡　あはあああっ♡♡　あ、春日くんっ♡　だめっ♡　気持ちいい――むぶぅ!?」

俺は快感を訴える花恋の口を強引に塞ぐと、相手の口内に舌を挿し入れた。こうすれば喘ぎ声も抑えられるだろう。

できれば水紀には花恋が痛みにもだえていると思っていてもらいたい。その方が面白そうだ。

「むぶうっ♡♡　れろ♡　れろ♡　くちゅ♡　むちゅ♡　ちゅ♡　ちゅ♡　ちゅううううう♡♡」

「や、やめて……やめてください……っ」

部屋中に鳴り響く淫らな舌音の合間に、切れ切れの水紀の声が響く。

俺と花恋の情熱的な接吻も、水紀にとっては無理やり唇を奪われているようにしか見えていない。

花恋が盛んに腰を動かして快楽をむさぼっている姿も、なんとか俺から逃げようとして暴れているのだ、なんて思っているのかもしれない。

そうこうしているうちに尻の奥の方から射精感が込み上げてきて、俺は花恋の身体を抱きしめている手に力を込めた。

花恋もそんな俺の動きにすぐ気づいたらしく、きゅ、きゅ、とマ×コを心地よく締めつけてくる。それが反射的な動きか、意図的な動きかはわからないが、いずれにしても花恋は俺から離れようとはしていない。その事実が俺の快感に拍車をかける。

俺たちは舌を絡め合いながら腰を振りたくり、互いの快感を高めていく。

やがて、体内を駆けめぐる快感に耐えきれなくなった花恋がしがみつくように俺の身体に抱きつき、首筋に顔を埋めてきた。

俺はそんな花恋の身体を抱きしめながら水紀に目を向ける。

放心したように俺たちを見つめていた水紀は、こちらの視線に気づくとあわてて視線をそむけようとした。

それを見た俺は鋭い叱声を放つ。

「こっちを見ろ、水紀！」

強い口調で叱咤すると、水紀はまるで鞭で打たれたかのようにビクンと身体を震わせ、のろのろとこちらを見た。

俺は相手の目を見ながら、幼子に言い聞かせるようにゆっくりと言葉を続ける。

「これから花恋に中出しする。もしかしたら子供ができるかもな」

嘘はついていない。ゴムをつけていようと、膣の中で射精すればそれは中出しであるし、ゴムがあっても妊娠するときは妊娠する。それだけの話である。

「そうなったらお前のせいだ。お前が余計なことをしたせいだ」

「……っ」

水紀は聞きたくないと言うように何度も首を左右に振る。

俺はかまわずに言葉を重ねた。

「花恋がイクところを最後までしっかり見ていろ。それがお前の責任だ」

そう告げると、俺は花恋に意識を戻してセックスに集中する。

花恋もそのことを感じ取ったのか、腰を振るスピードがさらに上がった気がした。

「おっ♡　おっ♡　おっ♡　だめ♡　もうだめっ♡　春日くんっ♡　私イクっ♡

イっちゃいますっ♡」

「いいぞ、花恋！　イけ！　イけ！　恋人の妹に見られながらイッちまえ！」

「あああああっ♡♡　水紀ちゃん、見ないでっ♡　見ちゃだめっ♡　私おかしいからっ♡　おかしくなってるからっ♡♡」

花恋の膣内が今日一番の収縮の気配を示す。

俺はそれにあわせてカリでヒダ肉をこすりあげると、とどめとばかりに柔らかい子宮口を亀頭で突き上げた。

その瞬間。

「あっはあああああ！♡♡♡」

イク、という言葉もなく、花恋の口から喜悦の咆哮がほとばしった。

その声は間違いなくマネージャー室の扉を通り抜け、部室中に響きわたったに違いない。俺たち以外の誰かが部室にいたら確実に聞かれていただろう。

腕の中の花恋が、びくびくびくうっ！　と激しく痙攣し、膣内のヒダというヒダが一斉に俺のペニスを締めつけてくる。

込み上げてくる射精感はすでに限界に達していた。俺は呆然とこちらを見やる水紀にニヤリと笑いかけながら、花恋の膣内で思いきり精液を吐き出した。

水紀の見ている前で互いに絶頂に達した俺と花恋は、その後、快楽の余韻にひたりながらくちゅくちゅと唇を重ね合っていた。

水紀がふらつく足取りでマネージャー室から出て行くのが見えたが、俺は引きとめずにその背を見送る。

口止めする必要はない。ここでの出来事を口外すれば、兄のパイズリ動画が世に拡散されることは水紀にもわかっているはずだ。

それに、へたに口止めするよりは「口外されたところで痛くもかゆくもない」という態度を取っておいた方が水紀へのプレッシャーになるだろう。卑劣な行為に手を染めることをためらわず、なおかつその卑劣さを暴露されることを恐れない。そんな相手が兄と花恋の弱みを握っていると思えば、水紀は何もできない。

ただ、仮に水紀がすべてを暴露したとしても、それはそれでかまわなかった。今も腕の中にいる花恋の柔らかい身体の感触を楽しみながらそう思う。

今の生活が壊れてしまったら、その時はまたあらためて花恋を自分のオンナにする手立てを練るだけだ。その頃には世間体や家族バレを気にする必要もなくなっているので、今よりも自由に動くことができるに違いない。

どちらに転んでも俺は花恋を自分のオンナにする。ゆえにどちらに転んでもかまわない。

我知らず、くくっと喉を震わせていた。我ながら実にタチの悪い奴だ、と思ったのである。こんな脅迫者を相手にしなければならない水紀に、俺は半ば本気で同情していた。

その後、俺は生活指導の教師に呼び出されることもなく、青筋たてた九条兄に胸倉をつかまれることもなく、いつもどおりの平穏な日常を送った。

水紀は今朝のことを誰にも言わなかったらしい。ただ、何事もなかったのは俺に限った話であり、花恋の方には動きが出ていた。そのことを知ったのは夜に花恋から電話がかかってきた時である。

「産婦人科に行っていた？」

『はい。あの、水紀ちゃんが保健室の先生に、ゴムをつけずに中に出されたときの対処を相談したみたいで、そのときに紹介してもらった病院にふたりで行きました』

俺は、ふむ、とスマホを持ちながら考える。

相談と言っても俺たちのことを話したわけではないだろう。それなら花恋はもっとあわてているはずだ。水紀は俺たちのことは先生に告げず、中出しされた際の対処だけを相談したのだと思われる。

もともと俺たちは産婦人科に行ってピルを処方してもらうつもりだったので、それを考えれば水紀の行動は渡りに船と言える。

保健室の養護教諭の紹介なら信頼できる病院のはずだ。少なくとも、ネットの口コミよりは頼りになるだろう。

花恋によれば、診療費はすべて水紀が負担したそうである。水紀は自分のせいで花恋が中出しされてしまった、とかなり気に病んでいたらしい。

『大丈夫だから気にしないで、とは言ったんですけど……』

花恋は困ったように言う。

あのとき、俺は水紀に生で出すぞと宣言した。それなのに花恋が独断で「実はゴムをつけていた」と伝えれば、俺の機嫌を損ねることになる。

花恋にとっては「大丈夫だから気にしないで」と伝えるのが精一杯だったに違

いない。

当然、水紀が納得するわけもなく、半ば無理やり花恋の分の診療費も払ったそうである。

それを聞いた俺は、ん、と首をかしげた。花恋の分の診療費『も』払ったということは、他にも診療代がかかった人間がいたということである。

「その言い方からすると水紀も医者にかかったのか？」

『はい。あの、水紀ちゃんもピルを処方してもらっていました』

「…………ふむ」

水紀が自分からピルを手に入れた。

俺に抱かれる覚悟を決めた、と考えるのはさすがに早計だろう。俺に襲われたときの用心のため、といったところか。

それはまあいい。どちらにせよ、水紀が俺とセックスすることを想定しているというのは良い兆候だ。

未成年が保険証を使うと、病院にかかったことが親に伝わって面倒なことになりかねないが、まあこれもたぶん大丈夫だろう。

九条という恋人がいる花恋には産婦人科にかかる理由がある。恋人がいないと思われる水紀はこれに当てはまらないが、運動部に所属する女子が大会に備えてピルを飲むのはめずらしいことではない。つまり、水紀にも産婦人科にかかる理由がある。

　である以上、通院の事実から俺との関係がバレることはまずない。

　もちろん、当人たちが自分の意思で親に告げればその限りではないが、これに関しては通院うんぬん関係なくいつでも存在する危険である。

　今さら気にしても仕方ないと考えた俺は、花恋に先をうながした。

「それで、他には何かあるか？」

　そう尋ねると、花恋から予想外の答えが返ってきた。

『はい。水紀ちゃんから、春日くんの電話番号を教えてほしいと頼まれました』

「電話番号？」

『春日くんと直接話したいことがある、と水紀ちゃんは言ってました。もちろん勝手に教えることはできませんので、帰って春日くんに確認をとってからと答えてあります』

　俺は少しだけ考え、すぐに結論を出した。

　その結論をスマホの向こうの花恋に伝える。

「わかった。水紀に教えていいぞ」

『わかりました。それではこれから水紀ちゃんに伝えますね。あの、たぶんすぐ電話がかかってくると思いますので、その……』

花恋はわずかに思い悩むように言葉を途切れさせた後、ゆっくりと言った。

『水紀ちゃんのこと、よろしくお願いします』

花恋にしてみれば、本当に言いたかったのはもっと別のことだったに違いない。ひどいことをしないであげてください、とか、水紀ちゃんには手を出さないであげてください、とか。

だが、それを言ったところで俺がうなずくわけがないと花恋はわかっている。だから、よろしくお願いします、という言い方になったのだろう。

「ああ、わかった」

言われなくてもよろしくしてやるつもりである。

俺はそんなことを考えながら、花恋の願いにうなずいた。

第五話　九条妹と早朝ランニングしてみた

花恋と一緒に水紀と会った翌朝。

東の空に太陽がのぼりはじめた時刻、俺は上下ジャージ姿でランニングに励んでいた。

目的地は街はずれにある森林公園である。

一口に公園といっても、俺の目指している森林公園は百ヘクタールを超える大型公園で、都心にある野球のドーム球場二十個分の広さを有している。

休日ともなれば子供連れの親子でにぎわい、四季折々のイベントなども開催される周辺住民の憩いの場だ。

だいたい二十分ほどかけて森林公園の入口に到着した俺を待っていたのは、俺と同じく上下ジャージ姿の九条水紀だった。

時刻は五時を少しまわったところで、周囲にはまったくと言っていいほどひとけがない。この時間に俺たちが顔を合わせたのは、もちろん偶然ではなかった。

昨夜、花恋との話が終わった後に電話をかけてきた水紀と、この時間に落ちあうことを約束したのである。

森林公園からさわやかな朝の風が吹きつけてくる。俺はその風に負けないよう、さわやかな笑みを浮かべて水紀に朝の挨拶をする。

「おはよう、水紀」

水紀はと言えば、さわやかな朝に似つかわしくない曇った表情で「……おはようございます」と短く挨拶を返してきた。

俺はそんな水紀をじろじろと眺める。

昨夜の電話で水紀は俺のセフレになるとはっきり口にした。花恋の負担を少しでも減らすために俺の性の相手を務めることを受けいれたのだ。

電話での態度も大人しいものだった。ちょいちょいスマホの向こうで悔しげな気配を発していたが、少なくとも声に出して逆らおうとはしなかった。目の前で花恋に中出しをされたことがよほどショックだったのだろう。

今、俺に逆らうのは得策ではない。水紀は自分にそう言い聞かせているに違いない。

ただ、こうして顔を突き合わせてみると、やはり俺に対して思うところがあるようだ。水紀の顔には俺に対する嫌悪の念がありありと浮かんでいた。朝っぱらからひとけのない公園に呼び出されて何をされるかわからない、という不安ももちろんあるだろう。

俺はそんな水紀に向けて言う。

「よし、じゃあ走るぞ」

「……え?」

家からここまで走ってくるまでの間、思考回路がエロモードから運動モードに切り替わっていた俺は、戸惑う水紀をうながしてランニングを再開した。

六月ともなれば真夏並みに暑くなる日もめずらしくないが、早朝の森林公園はどこかひんやりとした冷気に包まれている。公園の木々に立ち込める朝もやがランニングコースに漏れ出ており、息を吸うごとに清涼感のある空気が肺を満たした。

うん、これ思っていた以上に気持ちいいな。生真面目な水紀を屋外ではずかしめて楽しむつもりだったのだが、こうして走っているとヨコシマな心が汗と一緒に流れ落ちていく。

もともと運動は好きなのだ。俺はしばらくの間、無心になって走り続けた。

――で、気がついたときには公園内の時計の針が六時を指していた。

このまま走るだけで終わっては、何のために早起きしたのかわからない。ようやく思考をエロに据え直した俺は、ずっと隣で走っていた水紀に目を向ける。

水紀にしてみれば、弱みを握られてセフレになると誓わされた翌日に早朝から呼び出されたのだ。ただで済むとは思っていなかっただろう。

ところが、俺は水紀に手を出さずにひたすら走り続けている。俺の目的がわからずにさぞ混乱しているに違いない。

「水紀」

「は、はい!?」

足を止めた俺に、ほぼ一時間ぶりに声をかけられた水紀が驚いたように声を高める。

どこか緊張した面持ちで視線を向けてくる水紀に対し、俺は公園内に建てられている休憩小屋を指さした。

「あそこに行くぞ」

「……わかりました」

俺がそちらに向かって歩き出すと、水紀が大人しくついてくる。

やってきたのはあずま屋風の木造小屋だった。屋根があり、柱があるだけの簡素な造り。いちおう小屋と外を区切る柵もあるが、柵の高さは一メートルほどしかない。

誰かが近くを通りかかれば、小屋の中に俺と水紀がいることにすぐ気づくだろう。

小屋の中に入った俺は、木でつくられたベンチの一つに持参したタオルを敷くと、下着ごとジャージを脱いだ。そして、敷いたタオルの上に腰を下ろす。

むき出しになったペニスは汗にまみれ、むわぁっと得も言われぬ性臭をまき散らしている。周囲に人はいないとはいえ、屋外で性器をあらわにする緊張感と背徳感はなかなかに新鮮だ。むれたペニスを早朝の冷たい風に撫でられる感触はちょっとくせになりそう。

水紀を見れば、いきなり性器をむき出しにした俺の奇行を呆然と見つめていた。そんな相手に俺は無造作に告げる。

「水紀。ぼんやりしてないで、早くチ×ポをすっきりさせてくれ。お前は俺のセフレなんだからな」

そう言って、勃起した肉棒をぴんと指で弾く。

水紀はたちまち嫌悪で顔をしかめたが、嫌だ、とも、やめてくれ、とも言わなかった。へたに抵抗すれば、それだけ花恋の負担が重くなる。そのあたりはさすがに昨日で学習したらしい。

ため息まじりに俺の前に立った水紀は、周囲をちらちらと気にしつつ、膝をついて俺の肉棒と正面から向かい合った。

だが、そこから動かない。

俺が無言で見つめていると、水紀は戸惑ったように尋ねてきた。

「……どうすればいいんですか？」

「好きにしろ」

「好きに……？」

「そう、好きにだ。手でしごくもよし。舌でなめるもよし。口にくわえるもよし。おっぱいを押し当てるもよし、おマ×コに挿れるもよし。お前の好きにしろ」

さっきから臆面もなくチ×ポだのおマ×コだのと口にしているのは、男に免疫がない水紀の羞恥心を刺激するためである。

案の定、それを聞いた水紀はきつい眼差しで俺を睨みつけてきた。

だが、俺は気にする素振りも見せずに平然と相手の目を見返す。それだけで水紀は唇を噛みしめてうつむいた。

水紀は膝をついた体勢のまま、ときおりちらちらとペニスに視線を向けてはいたが、それ以上のことをしようとはしない。

初めての野外露出で興奮していたペニスが徐々に硬さを失っていく。

何の動きもないまま二分ほどが経過した後、俺はわざとらしく大きなため息を吐いた。水紀の肩がびくんと震える。怒鳴られる、と思ったのかもしれない。

俺はそんな水紀を見ながら立ち上がると、下ろしていた下着とジャージを穿き直した。汗で濡れた下着の感触に内心でもだえつつ、冷えた口調で水紀に言う。

「俺は帰るから、そっちも後は好きにしていいぞ」

そう言って帰り支度を始めた俺を見て、水紀は戸惑ったように目を瞬かせた。

そして、おそるおそる口を開く。

「……もう、いいのですか？」

「ああ。これ以上お前に付き合っていると、花恋に中出しする時間がなくなるからな」

「え？　で、ですが……」

驚いたように何かを言おうとする水紀に、俺は低い声で問い返した。

「ですが？」

「私が、花恋さんの代わりに相手をすると……」

「ああ、昨日の電話ではそう言っていたな。で？　お前は今、花恋の代わりに何かしたのか？」

何もしなかっただろう、と視線で告げると、水紀は眉根を寄せて視線をそらす。

ややあって、その口が力なく開かれた。

「何をすれば良いか、教えてもらえれば……」

「あほらしい。なんで俺がお前に懇切丁寧に説明してやらないといけないんだ。お前、セフレになると言っておきながら、男を喜ばせる方法を調べもしなかったのか？」

「そんなの……！」

調べるわけがない、と言いたげな水紀を見て、俺は鼻で笑う。

「昨日の電話では何やら一大決心をしたみたいなことを言っていたが、結局口先だけか。くだらない。まあいいや、昨日花恋を見捨てた様子からして、そういう奴だということはわかってたしな」

　冷然と吐き捨てると、水紀は聞き捨てならないというように目を吊りあげた。

「私は花恋さんを見捨ててなんていません！」

「いいや、見捨てたね。見捨てて、花恋が俺に中出しされるところを黙って見てたじゃないか。今だって、これから花恋が中出しされるとわかっているのに何もしようとしない」

　これを見捨てたと言わずしてなんと言うのか。そう言ってから、俺は水紀に優しい笑みを向けた。

「まあ気にする必要はないぞ。きっと花恋は喜ぶだろうからな」

「……どういう意味、ですか？」

「花恋はお前のことを心配していたからな。お前が我が身可愛さで逃げたと知ってもほっとするだけさ。それどころか、お前の分まで自分が頑張ると言って一生懸命おマ×コを締めてくれるに違いない。あいつのおマ×コは最高に気持ちいい。昨日は時間がなくて一度しか射精できなかったが、今日は早起きしたおかげで時間がある。少なくとも三回は中出ししてやろう」

俺は唇の端を吊りあげて水紀を見た。

「お前が俺を射精させていれば、少なくとも一回分は花恋の負担が減ったんだが——まあお前には言うだけ無駄か。昨日、お前は俺のことを卑怯者だ何だと罵っていたが、本当の卑怯者はお前だよ、九条水紀」

そう言ってきびすを返し、休憩小屋から出て行こうとする。

その動きが不意に止まったのは、俺の意思によるものではない。水紀がしがみつくように俺の右手を握りしめ、離そうとしなかったからである。

水紀は震える声で言う。

「あの、ちゃんとやります。やりますから……まだ、帰らないでください」

「また口先だけか？」

「今度は、ちゃんとやりますっ」

それを聞いた俺は水紀に向き直ると、そのまま仁王立ちの体勢で腕を組んだ。

自分は何もしない、という意思表示である。

それと悟った水紀は、顔を真っ赤にして俺の腰の両端に手を伸ばした。

そして。

「……し、失礼します」

水紀が俺の下着とジャージを膝のあたりまで引き下ろす。ぽろん、とまろび出た肉棒の先端が少しだけ水紀の頬を撫でた。

それだけで水紀は泣きそうな顔になったが、これが最後のチャンスであることは理解しているのだろう。ぐっと唇を引き結ぶと、おそるおそる右手でペニスを握った。

「……うぅ、臭い、熱い……ぬるぬるしてる……ああ、気持ち悪い……っ」

おそらくは無意識なのだろう、水紀の口から赤裸々な感想が漏れ出ている。

当然だが、水紀の手の動きは手コキという意味では稚拙もいいところだった。こわごわと亀頭の表面をつついたり、カリの部分をなぞったり、竿の部分を触ったりといった動作を繰り返すだけで、くすぐったさしか感じない。

それでも、早朝の公園で九条の妹に奉仕させているというシチュエーションはいやおうなしに俺の興奮を加速させた。鎌首をもたげる蛇のように、肉棒が徐々に硬さを取り戻していく。

それを見た水紀が困ったように俺を見上げた。

「あの、大きくなりました、けど……」

「そうだな。お前が大きくしたんだ。自分の手で男のチ×ポを勃起させた感想はどうだ？」

「……っ」

からかうように言うと、水紀は膝をついた体勢のまま恨みがましい目で見上げてきた。

だが、すぐに気を取り直したように視線を眼前のペニスに戻し、つたない奉仕を再開させる。

「ん……ん……あ、今ぴくんって……ここを、こう……？」

水紀はつぶやきながら探るように肉棒へ刺激を与え続ける。十日前の俺だったらこの時点で射精していたかもしれない。

だが、花恋とのセックスを経験した俺にとって、水紀が与えてくる刺激で絶頂するのは難しかった。硬くはなるが、射精には至らない。しばらくそんな状況が続く。

そうこうしているうちに、一度は上を向いて硬くなったペニスが徐々に硬さを失いはじめた。水紀が与える刺激に慣れてきた——いや、飽きてきたのである。

水紀もそのことがわかったらしく、焦ったようにぺたぺたとペニスを触ってきたが、肉棒は一向に反応しない。泣きそうな顔で、なんとか肉棒を立たせようとする水紀を見下ろしながら、俺はこれからどうしようかと考える。

と、ここで水紀が口を開いた。

「あ、あの……っ」

水紀は涙に濡れた顔で不器用にペニスを撫でながら、何か言いたげに俺を見つめている。どうしたらいいか、と尋ねてこないのは、先ほど助言を求めてはねつけられたことをおぼえているからだろう。

水紀の目を見返しているうちに、一つのアイデアがひらめいた俺はニヤリと笑って口を開いた。

「水紀は美人だよな」

唐突にそう言うと、水紀は驚いたように目を丸くする。

俺はかまわず言葉を続けた。

「その分、いろんな男に見られてきたはずだ。特に陸上のセパレートユニフォームはエロいから、男の視線を感じるのなんて日常茶飯事だったんじゃないか？」

「……っ」

水紀は何も答えなかったが、まず間違いないだろう。水紀が男に対してみせる警戒心や嫌悪感はそのあたりが原因だろうし。

「そのとき、男どもはお前の身体のどこを見ていたかわかるか？」

「それは……」

「そこが男が興奮するポイントだ」

具体的にどこそこだ、とは口にせずに俺は話を終わらせる。

俺の話を聞いた水紀は、今の言葉の意味するところを懸命に考えているようだった。

やがて、水紀は意を決したようにペニスから手を離すと、ジャージの上を脱ぎはじめる。ほどなくしてジャージの下からシンプルな黒のランニングシャツがあらわれた。

二つの膨らみが下からシャツを押し上げ、つつましくその存在を主張している。

それを見た俺の肉棒が持ち主の意図によらずぴくんと跳ねた。

それに気づいた水紀はこれが正解だと確信したらしく、再び右手をペニスに添えて刺激を与えはじめた。

そして、あまった左手でランニングシャツの裾をぐっとつかむと――

「おお！」

俺は思わず声をあげてしまう。

水紀がぐいっとシャツをまくり上げて素肌をさらしたからである。はじめに見えたのは引き締まった下腹部。次いでちいさなおへそ。その次はみぞおち部分。年頃の女の子のみずみずしい肌が次々に外気にさらされていく。

それでもシャツをまくり上げる水紀の手は止まらなかった。ためらいなく、というよりは、一度ためらってしまえばそれ以上動けなくなると自分でわかっているのだろう。水紀はそのまま一気に首元までランニングシャツをまくり上げた。

俺の視界に、黒い縁のついたグレーのスポーツブラが映し出される。

「〜〜〜〜！」

水紀の口から無音の悲鳴が漏れた。

自分でやったこととはいえ、男の前で、しかも屋外でブラシャーを出すなど、水紀にとってはこれ以上ない屈辱であるに違いない。

それでも右手の指でペニスをしごき続けているあたりに、水紀の覚悟と生真面目さを感じ取ることができる。

俺はと言えば、スポーツブラを見た瞬間にみるみる射精欲が込みあげてくるのを感じていた。

水紀が自分の意思でシャツをまくり上げた時点でかなり興奮していたが、まさか下着まで見せてくれるとは思わなかった。

これまで男の視線に嫌悪しか感じていなかったであろう少女が、他ならぬ男の欲望に奉仕するために自ら肌を見せ、下着をさらし、射精のためにペニスをしごき続けている。

このシチュエーションで興奮するな、というのは無理な話であろう。

恥じらいのあまり耳たぶまで赤くした水紀が、これでいいですか、とうかがうように俺を見上げてくる。

昨日の朝、凛とした美貌に侮蔑の表情を浮かべて俺を卑怯者と罵っていた少女が、わずか一日でこんな痴態をさらすなど、いったい誰が予想できただろうか。

そう思った瞬間。

「——くうっ！」

ほとんど暴発するように俺は水紀めがけて射精していた。

ペニスが、びくん！　びくん！　びくん！　と激しく震えながら欲望のかたまりを吐き出していく。鈴口からほとばしった精液は水紀の手を、顔を、胸を、シャツを、ジャージを、そしてスポーツブラを次々に汚していった。

水紀の口から悲鳴はあがらない。放心したように俺の射精を眺めている。その手はいまだに肉棒に添えられており、こするような動きで射精の手助けをしていた。

ややあって、すべての精液を吐き出し終えたとき、水紀の顔はすっかり精液まみれになっていた。もちろん服にも身体にもべったりと白濁した体液が張り付いている。

「………どうしよう、これ」

悲鳴の一つもあげるかと思ったが、水紀がはじめに口にしたのはそんな一言だった。

俺は途方に暮れたように自分の身体を見下ろしている水紀の名前を呼ぶ。

「水紀」

「は、はい……？」

まだ何かあるのか、とおびえた声で応じる水紀。

俺はそんな水紀の頭に無言で手をのせると、撫でるように優しく動かした。

「よくがんばったな。気持ちよかったぞ」

そして今しがたの奉仕を声に出して褒める。

「……っ」

水紀は何も言わない。精液を顔に張り付けたまま、困ったように視線をそらすだけだ。

ただ、頭を撫でる手を水紀が払いのけようとしなかったことは、今日の収穫と言ってよかったかもしれない。

三日後。

「あっ♡　あっ♡　あっ♡　んくぅぅ♡♡　春日くん♡　春日くんっ♡♡」

水紀とのランニングを終えた俺は、自宅の浴室に花恋を連れ込んでセックスを楽しんでいた。

浴槽のへりに手を置いて尻を突き出した花恋の割れ目に、背後から肉棒をねじこんでいく。

パンパンと響く淫らなピストンの音。ぶるぶると揺れる柔らかい尻肉。その尻肉の狭間から姿をのぞかせるアナルのすぼみ。ペニスを突き込むたびに背中の向こうで大きく弾む二つの乳房。そして、ぎゅっぎゅっと力強く肉棒を締めつけて射精をうながすヒダ肉の気持ちよさ。

何度経験しても飽きることのない快楽がここにあった。

耳をくすぐる喘ぎ声も心地よい。水紀との早朝ランニングでかいた汗を、花恋との朝風呂セックスで流し落とすのがここ数日の朝のルーティンとなっている。

先ほどから途切れることなく続いている甘い喘ぎ声を聞く限り、花恋もすっかりこのルーティンを受けいれているようだった。

いずれ水紀も花恋のように俺のペニスで喘ぎ声を張り上げるように調教してやらなければ――そう考えた俺は、今朝の水紀の様子を思い出して小さく笑った。

水紀と早朝ランニングを始めてから今日で四日目。初日こそ俺を射精に導けた水紀だったが、残りの三日はいずれも俺から精液を搾り取ることができなかった。

その間の経緯をダイジェストで記すと、だいたい次のようになる。

二日目の水紀は、初日よりも積極的に手コキに取り組んでいた。たぶん、初日のように服を脱いで下着をさらすのが嫌だったのだろう。俺に対する嫌悪感よりも羞恥心が優ったわけだ。

まあ、いつ誰が来るかもわからない公園で、自分から下着をさらすことを嫌がるのは当然と言えば当然である。

手だけで射精させてしまえば恥ずかしい真似をせずに済む——水紀はそう考えたに違いない。

だが、手コキの技術自体は前日からほとんど進歩しておらず、結局最後まで俺をイかせることはできなかった。

三日目の水紀は、やはり手コキに積極的だったが、いつまでたっても俺に射精の気配がおとずれないと悟ると、仕方なさそうにジャージとランニングシャツを脱いで紺色のスポーツブラをあらわにする。

水紀は顔を真っ赤にして恥じらいながらも、俺が射精することに疑いを抱いていない様子だった。

初日の俺は水紀がブラを見せると同時に射精している。水紀にしてみれば必勝の切り札を切ったつもりだったのだろう。

だが、その日も俺は射精しなかった。

初日のあれはあくまで初見のインパクトがすごかっただけで、そのインパクトがなくなってしまえば、後に残るのは色気も素っ気もないスポーツブラだけである。

たとえば水紀が自分からブラをとって乳首を見せるとか、ブラの上から自分でおっぱいを揉んでみせるとか、そういったプラスアルファがあればともかく、ただブラを見せただけで「さあ遠慮なく射精しなさい」みたいな態度をとられてもペニスは萎えるばかりだ。

下着を見せてもなお俺が射精しないことに水紀は驚き、戸惑っていたが、結局その日はそこでタイムアップ。水紀は二日連続で俺を射精させることができなかった。

その分、花恋に負担がかかることは繰り返し述べたとおりである。帰り際の水紀の顔には明らかな焦りがあった。

そして四日目。今朝、ついさっきのことである。

俺はこれまでどおり水紀と早朝ランニングをおこない、ランニングするだけで帰ってきた。いつもの休憩小屋にも立ち寄っていない。

水紀はランニングが終わった後、ずっと何かを言いたげに俺を見つめていたが、俺はいっさいとりあわなかった。もしかしたら、水紀は今日のために何かを用意していたのかもしれないが、それを実行する機会さえ与えなかったのである。

明日の朝、水紀がどういう反応を見せるのか今から楽しみだ。

そんなことを考えながら、俺は意識を花恋に戻す。

俺が腰を尻肉に叩きつけるたび、まばゆいほどに白い花恋の背中が跳ね、果実のような胸がぶるんぶるんと震えた。俺は花恋の腰を押さえていた手を離し、水滴をまき散らしながら弾む双丘を後ろから乱暴につかむ。

そして、ぎゅうっと力を込めて指を乳房に食い込ませた。

「あくぅぅぅぅ！♡♡♡」

苦しげな、それでいて甘くとろけた声が浴室の中にこだまする。

意識してか否か、花恋は膣の中をきゅうっと締めると、ふりふりとお尻を左右に振った。俺から逃げようとしているようにも見えるし、もっと気持ちよくしてほしいと媚びているようにも見える。

俺は乳房を揉みしだきながら、先端にある桜色の突起を爪の先でピンと弾いた。

「はぅっ♡♡」

またしても花恋の可愛い喘ぎ声が耳朶を震わせる。

俺は優しい声音で幼馴染に尋ねた。

「気持ちいいか、花恋？」

すると、花恋は上半身をひねって背後の俺を見ると、切なそうに眉をひそめながらこくりとうなずいた。

「き、気持ちいいです……♡」

「そうか、それならこれはどうだ？」

俺は人差し指と中指の間に乳首を挟みこむと、ツンと立った乳首をこするようにしごき上げた。

すると、花恋は身体を駆けめぐる快感に耐えかねたようにぐっと背中を反らせて甲高い嬌声をあげた。

「あああああ！♡♡　それすごいっ♡　すごいですっ♡　ああ、春日くん♡　もっとっ♡　もっとこすってくださいっ♡」

めずらしく花恋の方から愛撫を要求してくる。俺は可愛いセフレの要望に応えるべく、乳首をシコる指の動きを速めた。もちろん、その間もペニスで膣内をかきまぜるのも忘れない。

花恋は何度も頭を左右に振りながら、絶頂に向けて快楽の坂を駆けあがっていった。

「おっ♡　おっ♡　おっ♡　おっ♡　おっ♡　だめっ♡　もうだめっ♡　春日くん、私イきます♡　イクっ♡　イクっ♡　イックぅぅぅぅ！♡♡♡」

立て続けに注ぎ込まれる快楽に耐えきれず、花恋は喘ぎ声をしぼり出しながらアクメを決める。

最近の花恋はこちらが何も言わなくても律儀に絶頂を報告してくる。イク時にはきちんと報告しろ、と言い続けたおかげだろう。

イク、という叫びと同時にヒダ肉が絡みつくように肉棒を締めつけてきた。何度経験してもまったく飽きない快感に目を細めつつ、俺はそれまでこするばかりだった幼馴染の乳首を強めの力でぎゅっとつまむ。

直後。

「おっほおおおおお！♡♡♡♡」

予期せぬ強烈な刺激に耐えきれなかった花恋が、はしたないオホ声を響かせながら追いアクメを決めた。

俺はひときわ強い収縮を繰り返す膣の中で、幼馴染の後を追うように精液をほとばしらせる。コンドーム越しに射精の気配を感じ取った花恋が、痙攣するように背中をびくびくと震わせている。

俺はそんな花恋の姿を見下ろしながら、大きく息を吐き出した。

花恋の膣内からペニスを引き抜き、バスマットに腰を下ろして絶頂の余韻にひたっていると、同じようにバスマットに座って荒い息を吐いていた花恋が上気した顔でペニスに手を伸ばしてきた。

慎重な手つきでコンドームを取り外した花恋は、俺の股間に顔を埋めて精液まみれのペニスに優しくキスをする。

「ん……ちゅ♡　ちゅ♡　ちゅうう♡♡　ちゅる♡　れろ♡　れろ♡」

何度か性器へのキスを繰り返した後、花恋は亀頭や竿に舌を這わせて精液をなめとっていく。

俺は何も言わなくてもお掃除フェラを始めた花恋を褒めるように頭を撫でてやる。すると、花恋は大きく口を開けてペニスをくわえこんだ。

「ちゅる♡　ちゅぷ♡　じゅぽ♡　じゅぽ♡　ちゅううう♡♡」

唇で竿をしごきながら鈴口を舌でねぶり、尿道に残った精液を音を立てて吸い上げる。初日のたどたどしいフェラとはまるで別物だった。

「ぷはぁ！　はぁ……はぁ……か、春日くんのおチン×ン、今日もすごく硬いです。それに火傷しちゃいそうなくらい熱くて、精液もすごく濃いです……っ」

花恋は熱に浮かされたような顔をしながら俺の性器を褒め上げていく。

ホテルで俺とセックスしてから——あるいは俺が水紀と早朝ランニングをするようになってから、花恋はこれまで以上に俺に奉仕するようになった。こうして言葉で俺に媚びるのもその一つだ。

俺がそうしろと命じたわけではない。たぶん、自分から媚びることで俺の関心を引きつけ、水紀を守ろうとしているのだろう。

「花恋」

「あ……っ」

花恋の名を呼び、あごをつかんで上を向かせる。

俺を見上げる花恋の目は、股間から立ちのぼる性臭に酔ったように潤んでいた。

その姿にぞくりとするほどの色気を感じた俺は、幼馴染の腕をつかんで強引に抱き寄せる。そして、直前まで自分の性器をくわえていた唇にためらいなく己の唇を重ねた。

「あ……ん♡　ちゅ♡　ちゅ♡　ちゅうう♡♡　れろ♡　れろ♡　ん、春日くん……♡」

「ん、ちゅ……飲め、花恋」

舌を絡めながら相手の口に唾液を流し込むと、花恋はためらいなくコクコクと喉を鳴らしてそれを飲み込んだ。

花恋が唾液を飲み終えるのを待って、俺は向こうにも同じことを求める。

「花恋もだ」

うながすと、花恋は恥ずかしそうにしながらも俺にならって唾を流し込んでくる。

俺は幼馴染の唾液を美味そうに飲みほすと、すぐにディープキスを再開した。

ねちっこく舌を絡め合い、息が苦しくなったら唇を離して呼吸をととのえ、また舌を絡め合う。

そんなことを飽きることなく続けていると、何度目かのキスの後、花恋が不意に何かを思い出したように口を開いた。

「……あ！　そ、そうだ、春日くんに相談したいことがあったんですっ」

「相談？　なんだ？」

花恋の身体を抱きしめながら問いかけると、花恋は困ったように眉尻を下げる。

「昨日の夜、お父さんが次の月曜日に家族みんなで食事に行こうって言い出したんです。それで……」

月曜日はサッカー部の練習が休みの日。そして、もう一度花恋とホテルに行き、ゴム無しでセックスすると約束していた日でもある。

そこに花恋の父親が急きょ予定を入れてしまったらしい。

俺は脳裏に花恋の父親の顔を思い浮かべ、小さくため息を吐いた。おじさんも、よりにもよって月曜日に予定を入れなくてもいいだろうに。

まあ、花恋がサッカー部のマネージャーとして土日も外に出ている以上、家族でお出かけする日が部活休みの月曜日になってしまうのは仕方ないことなのだけど。

「わかった。それなら生セックスは別の日にずらそう」

俺が言うと、花恋はほっとしたように表情をやわらげる。

「ありがとうございます。ごめんなさい、春日くんの方が先約だったのに。お父さんったらこっちの予定も聞かずにお店の予約をいれちゃったんです。お母さんは、他に約束があるならそっちを優先してかまわないって言ってくれたんですけど……」

「お前が断ったりしたら、おじさんはショックで寝込んじゃうだろうな」

娘を溺愛している花恋の父親の顔を思い出しながら、俺は小さく笑う。

正直なところ、予定の延期は残念である。だが、家族の団らんを邪魔する気にはなれなかった。

これは別に良心がとがめたとか、そういう話ではない。

前述したように、これまでのところ花恋は俺に従順に従っている。ただ、それでも内心で思うところはあるはずだ。そんな状況で家族との時間を邪魔し、いらぬ不満を植えつけるのは愚かというものだろう。

——それに、花恋の予定が合わないなら、もう一人のセフレとホテルに行けばいい。

そんなことを考えながら、俺は花恋に告げた。

「家族の団らんに水を差すほど無粋じゃない。気にせず行ってこい。ただ——」

俺は花恋の背中にまわした手をお尻にまわし、もみもみといやらしく尻肉を揉みしだく。

腕の中でびくりと身体を震わせる花恋の耳元に口を寄せ、軽く耳たぶをかじりながらささやいた。

「延期した分、生セックスは激しくなるぞ。それは覚悟しておいてくれよ？」

「あ……は、はい♡」

顔を真っ赤にしてこくりとうなずく花恋。その返事に満足した俺は、幼馴染の桜色の唇にあらためて自分の唇を重ね合わせた。

花恋とそんな会話を交わした翌日、朝の四時半に目を覚ました俺はワクワクした気分で森林公園へ向かった。

眠気などみじんも感じていない。昨日の一件を経て、水紀の態度がどのような変化を遂げるのか、あるいは何も変わらないのか、実に楽しみである。

ひょっとしたら待ち合わせ場所にいないという可能性もある。そうも思ったが、森林公園の入口にやってくると、そこにはいつもどおりジャージ姿の水紀が立っていた。

水紀は俺の姿に気づくと、どこか緊張した面持ちで歩み寄ってくる。

そして。

「おはようございます」

そう言って頭を下げた。

俺は目を丸くする。水紀の方から挨拶してくるのも初めてなら、俺に頭を下げて挨拶するのも初めてである。

これまでの流れで多少は従順になる展開も予想していたが、これは正直予想外だ。半ば存在を無視された昨日の一件がよほどショックだったのだろうか。

そんなことを考えながら、俺は挨拶を返して公園の外周を走りはじめる。水紀は黙って俺についてきたが、途中で俺がいつもの休憩小屋に向かうと、露骨にほっとした表情を見せた。

今日もランニングだけで終わるかも、と不安だったのだろう。

到着した休憩小屋にはいつもどおり誰もおらず、俺たちはふたりきりで向かい合う。

さて、今日の水紀はどういう手で来るつもりなのか。俺が興味をもって眺めていると、水紀は何やら清水の舞台から飛び降りるような表情でジャージに手をかけた。

そして、自身のためらいを振り切るように手早くジャージを脱ぎはじめる。上だけでなく下もだ。

ジャージの下からあらわれたのは運動用のランニングシャツとショートパンツ——ではなく、陸上部のセパレート型ユニフォームだった。以前、花恋から送られてきた二枚の写真で水紀が着ていたあのユニフォームである。

完全に予想外だった俺は、思わず水紀の顔を凝視する。まさかあの水紀が、俺の精液を搾り取るために大切なユニフォームを着てくるとは思わなかった。

あのとき、写真で見た陸上少女が目の前に立っている。それも、俺を射精させるためにだ。

そう思うだけでみるみる股間が大きくなるのがわかった。

その変化に水紀もすぐ気づいたようで、ユニフォーム姿の自分を見て興奮している俺を見て、怒ったような、困ったような、なんとも言えない表情を浮かべる。

が、すぐに何かを吹っ切るように勢いよく俺の前で膝をつくと、失礼します、と断ってから俺の下着をずりさげた。

「——っ」

硬くなった肉棒が下着の下から飛び出してくると、水紀が息をのむ気配が伝わってきた。それでも水紀は悲鳴をあげたり、目をそむけたりせず、これまでどおり手コキをするべくペニスに手を添えてくる。

ただ、今日の水紀はここからが一味違った。ただ手コキをするだけではなく、これまでになかったプラスアルファを用意していたのである。

「……か、硬い、です、すごく」

肉棒に触れた水紀が、おそるおそるという感じで感想を口にする。

これまでも意図せず思ったことを口に出していることはあったが、今日の水紀は明らかに俺に聞かせるために声を出していた。

「それに、熱くて……臭くて……あ、ここは柔らかいです。う、血管が浮き出ていて、びくびく震えてる……ここ、痛くないんですか？」

亀頭に触れ、カリをなぞり、竿をしごきながらチラチラ俺を見上げて反応を確かめている。

これまでの適当な手コキとは明らかに違った。今の水紀は「こうすれば俺が感じる」とわかっていて俺の興奮を煽り立てている。

ネットや雑誌で調べたのか、あるいは現実の友人から経験談を教えてもらったのか。いずれにせよ、今日の水紀の奉仕はこれまでとは別格の気持ちよさだ。

黒地に白いラインの入ったレーシングブルマが視線の先でもぞもぞと揺れている。手コキで感じているわけではあるまい。たぶん、死ぬほど恥ずかしいのだ。

それでも水紀は奉仕をやめようとはしなかった。

「あ、先っぽから透明な汁が……たしかこれ、カウパー液、ですよね？　男性が感じているときに出るものだと、花──友人から、聞きました」

言いながら水紀は右手を動かして竿をしごき続ける。

さらに、ここで左手を睾丸にまわして、玉袋をやわやわと揉みはじめた。射精直前に睾丸を刺激するのは俺の幼馴染もよくやる愛撫である。

「う、臭いが、強くなって……で、出そうですか？　あの、出して、ください。それで、私に、うう……か、かけて、くださ────ひゃああ!?」

ユニフォーム姿の水紀のぎこちない性技に、俺はあっけないほど簡単に射精してしまった。

水紀の望みどおり──いや、実際は望んでいるのではなく、そういえば俺が興奮すると友人に教えられていただけだろうが、とにかく水紀の顔めがけて精液をまき散らす。

後輩の顔がたちまちザーメンにまみれていく様を見届けた俺は、射精の衝動がおさまるのを待って満足の吐息をついた。

「水紀、良かったぞ」

そう言って頭を撫でてやると、水紀は消え入りそうな声で「ありがとうございます」とつぶやいた。これも、俺に褒められたらそう言えと友人――もう面倒なのではっきり言ってしまうが花恋に言われていたのだろう。

俺は内心で花恋のアシストを称えつつ言葉を続けた。

「だから、もう一度頼む。今度はここを使って、な」

そう言うと、俺は水紀の股間に手を伸ばし、ブルマの上から割れ目をぺろっと撫で上げた。

「ひっ⁉」

顔中を精液で汚した水紀が悲鳴をあげる。

俺は水紀の前で仰向けになってベンチに横たわると、その体勢のまま水紀に指示を出した。

「俺の上にまたがって、今撫でたところを使ってチ×ポをこすれ」

「それ、は……」

「脱げとは言わない。ブルマは穿いたままでいい。アドバイスしてくれた友達に、ちゃんとできましたって報告したいだろ？」

花恋の存在を匂わせると、水紀はしばらくためらった末に小さくうなずいた。

そして、持参したタオルで顔の精液をぬぐってから、のろのろとした動作で俺の上にまたがる。

俺のペニスは射精後も萎えずに勃起したままだ。水紀は泣きそうな顔で肉棒にブルマの布地を押しつけた。

俺は興奮で鼻息を荒くしながら言う。

「いいぞ。そのまま腰をすりつけるようにしてチ×ポをしごけ」

「はい……」

諦めたように、ゆっくりと腰を動かしはじめる水紀。

俺は水紀を下から眺めながら手コキならぬブルマコキを楽しんだ。これならあと二回はイけそうだ、と考えて唇の端を吊りあげる。

結論から言えば、この後俺は三回射精し、水紀の大切なユニフォームを精液でべとべとに汚すことになった。

幕間　九条水紀①

　春日との早朝ランニングを終えて自宅に戻った水紀は、玄関のドアを開けるや、脇目も振らずに風呂場へ直行した。

　それはランニングでかいた汗を洗い流すためであり、春日につけられた性臭を洗い落とすためでもある。

　洗面所で服をむしりとるように全裸になった水紀は、脱いだ運動着を洗濯カゴには入れず、自分で持って浴室に入った。

「う、べとべとする……それにひどい臭い……これ、普通に洗っても落ちませんよね」

　水紀はひどく情けない声でつぶやく。

汗と精液がたっぷりと染み込んだブルマは強烈な異臭を放っているし、ブルマほどではなくてもトップスもひどい有様だ。当然、これらの上に着ていたジャージにも性臭が染みついている。

こんなものを洗濯カゴに放り込んだ日には、間違いなく家族に気づかれてしまうだろう。水紀は涙目になりながら、それらを風呂場で洗いはじめた。

鼻をつく精液の残り香に悩まされながら、水紀はユニフォームについた白濁液を丁寧に、丁寧に、執拗なくらい丁寧に洗い落としていく。そうすれば、汚れだけでなく記憶も洗い落とせると信じているかのように。

途中、洗濯する手に粘着質な感触がまとわりついてきたとき、ついに水紀は耐えきれずに涙を流した。

「……私、何をやっているんでしょう」

春日を興奮させるために大切なユニフォームを持ち出し、男性の性器に自分の股間をこすりつけて射精をうながした。

ほんの何十分か前、水紀は春日にまたがって淫らに腰を振っていたのである。いつ、誰が来るかもわからない公園の真ん中で、だ。

そのことを思うと、水紀の全身は火がついたように熱くなる。あまりの羞恥心に気を失ってしまいそうだった。

「し、仕方ないことだったんです。あの人を満足させないと、花恋さんがひどい目に遭ってしまうのですからっ」

自分に言い聞かせるようにぶつぶつとつぶやく。

そう、仕方ないことなのだ。花恋は水紀たち兄妹を守るためにセックスを強要されている。そんな花恋の負担を少しでも減らすため、水紀もセフレになった。

である以上、ユニフォームを着て春日に媚びることも、屋外で腰を振って性器に奉仕することも受けいれなくてはならない。ホテルに連れ込まれてもてあそばれた花恋に比べれば、今日の水紀がやったことなど何ほどのことでもない。

それに、恥を忍んで春日に媚びた甲斐はあった。

『よくやった、気持ちよかったぞ。その頑張りに免じて、今日は花恋に手を出さないと約束しよう』

四度目の射精を終えた後、春日は放心する水紀の頭を撫でながらそう言った。

昨日まで水紀は三日連続で春日を射精に導けなかった。水紀が解消できなかった性欲が花恋に向けられたことは想像にかたくない。

その意味では、水紀は今日ようやく「花恋の負担を肩代わりする」という己の役目を果たせたことになる。それだけは誇ってよいことのはずだ。たとえ、自分のやったことが身体を使って男を射精させるだけだったとしても。

　水紀は涙をぬぐいながら自分にそう言い聞かせた。

「花恋さんにお礼を言わないといけませんね」

　そう言うと、水紀は昨夜花恋から電話がかかってきたときのことを思い出す。

　その電話はまもなく就寝時間にさしかかろうという時刻にかかってきた。

『こんばんは、水紀ちゃん。今、お話しても大丈夫かな？』

　電話越しに聞こえる花恋の声には水紀を案じる響きがあった。

　春日から聞いたのか、あるいは春日の様子から察したのか、花恋は水紀が何日も春日を満足させていないことを知っていた。

　そのことを謝る水紀に対し、花恋は「セフレをやめてもいい」と伝えてきたのである。

『春日くんには私がなんとかお願いするから、ね？』

『ですが、それでは花恋さんが……！』

『私のことより自分のことを心配しないとだめだよ。私はこう見えてもけっこう丈夫だし、その、男の人のことも知ってるから心構えもできた。けど、水紀ちゃんは違うでしょう？』

暗に男性経験がないことを指摘されて、水紀はウッと言葉に詰まる。

そんなことはない、と否定することはできなかった。現実に水紀は経験と技量の不足で春日を満足させられておらず、電話が来た日にいたっては奉仕を要求されることさえなかったからである。

セフレとして見切りをつけられたのかもしれない、と水紀は思っていた。

当然だが、春日に見切られたこと自体にショックはない。好きこのんでセフレになったわけではないからだ。これ以上、春日の相手をしなくて済むと思えば安堵しか感じなかった。

だが。

『お前は俺のことを卑怯者だ何だと罵っていたが、本当の卑怯者はお前だよ、九条水紀』

以前に春日に言われた言葉が脳裏をよぎる。

花恋の負担を減らすためと言ってセフレになっておきながら、春日を満足させられずに見切りをつけられ、そのことにほっとしている自分は、他者の目にはどのように映っているのか。

きっと免罪符を欲しがっているだけの偽善者に見えるに違いない。

自分はできるだけのことをした。でも春日が自分を受けいれなかった。だから春日の相手を花恋にゆだねることになっても仕方ない。そういう免罪符である。

そのことに思い至ってしまった以上、花恋の提案にうなずくことはできなかった。

そして、現状で春日を満足させている花恋に対し、水紀がアドバイスを求めることも自然な流れだっただろう。

春日を満足させるにはどうすればいいのか――水紀からそう問われた花恋は何度も水紀に翻意をうながしたが、水紀の決意が固いと知ると、ためらいながらもいろいろなテクニックを教えてくれた。

陸上部のユニフォームを着用して相手をしたことも、声に出して春日に媚びたことも、花恋から教えてもらったテクニックである。

これらは見事に功を奏し、今日水紀は春日を四回も射精に導くことができた。初日の一回以来、ただの一度も射精させることができなかったのに、わずか一日で四回である。

水紀はそのことにわずかながら達成感をおぼえていた。もちろん、水紀は春日に好意なんて抱いていない。水紀が春日に抱いているのは好意とは正反対の感情だけだ。

ただ、たとえ嫌っている相手であっても、他者から何の価値もない石ころのような扱いを受ければ自尊心が傷ついてしまう。

特に水紀は、これまで異性から褒められることはあってもけなされることはなかった。その水紀に対して春日は「お前は花恋に遠く及ばない」と何度も面と向かって言い放ち、性器への奉仕こそ要求するものの、それ以上の行為に及ぼうとはしなかった。

自分は花恋を抱くことができるのに、なんで好きこのんでお前を抱かなきゃいけないんだ——暗にそう言われていたのである。

肝心の奉仕にしても、お前では物足りないと言わんばかりに雑な扱いをされ、昨日にいたってはその奉仕さえ要求されなかった。

その事実は水紀の心を少なからず傷つけている。

そんな春日を今日は四度もイかせることができたのである。事の是非はさておき、水紀の心に小さな満足感が生じたのは仕方ないことであった。

ふと、水紀の脳裏に先夜の花恋の言葉がよみがえる。

『最後に、だけど……水紀ちゃん、春日くんには気をつけてね』

『気をつける、ですか？　もちろんです。もう手遅れのような気もしますが……』

『ううん、そういうことじゃなくてね。春日くんは、なんていうか、すごく女の子の扱いがうまいんだよ。仕方なくやっていたはずのことが、いつの間にか仕方なくじゃなくなっちゃうの』

花恋は言う。

春日からはこれまでたくさんハレンチなことをされてきた。だが、何をされても弱みを握られている以上は従うしかなかった。

すると、そのうち身体が春日の行為に順応してくる。心が否定しても身体が快感をおぼえてしまうのである。

女の子の身体がそういう風にできている以上仕方ないことなのだが、春日はこの快感を増幅するのが驚くほど巧みだった。気がつけば「仕方なく」だったはずの行為から快感をむさぼっている自分がいた、と花恋は述べる。

『今、水紀ちゃんに教えたご奉仕もそうだった。はじめは嫌々だったんだよ？　春日くんを射精させないといけないから、仕方なくいろいろ工夫するの。そうすると春日くんはそれをくみとって褒めてくれたり、頭を撫でてくれたりして……気がついたら嫌だったはずのご奉仕が嫌じゃなくなってた。これは仕方ないことなんだって自分に言い訳しながら、私は春日くんのおチ×ポをしゃぶってるの』

『……花恋さん』

おチ×ポをしゃぶる、などという卑わいな言葉を花恋の口から聞いて、水紀は身体を震わせる。

私は春日くんにここまで堕とされてしまった——花恋がそう忠告してくれていることを悟ったのである。

そんな水紀に向けて、花恋は真剣な口調で言う。

『水紀ちゃん、今ならまだ戻れるよ。けど、私が教えたことを実践して、これからも春日くんのセフレを続ければ、じきに水紀ちゃんも私と同じになっちゃうと思う。だから、どうかよく考えて決めてね。何度も言っているけど、私のことは心配しないで大丈夫だから』

その花恋の忠告を、水紀は今さらながらに思い出す。

春日のことを嫌いながらも、四度射精させたことに小さな満足感をおぼえている自分は、まさしく花恋が言っていた状態になりつつあるのではないか。

このまま春日のセフレを続けていたら、いずれ喜んで春日の股間に顔を埋める痴女になりはてるのではないか。そう思って自分の身体を抱きしめる。

今、水紀は春日のことを心の底から怖いと感じていた。

だが、どれだけ恐ろしくとも逃げ出すことはできない。あれほど自分のために親身になってくれた花恋を見捨てることなんてできるはずがない。何よりも——

『お前が俺を射精させていれば、少なくとも一回分は花恋の負担が減ったんだけど、まあお前には言うだけ無駄か』

『花恋がイクところを最後までしっかり見ていろ。それがお前の責任だ』

『お前は俺のことを卑怯者だと罵っていたが、本当の卑怯者はお前だよ、九条水紀』

これまでに春日と交わしたすべての言葉が、水紀から逃げるという選択肢を奪っていたのである……。

明けて翌日。ランニングを終えた春日は、水紀に対して決定的な言葉を告げて

きた。

「水紀、次の月曜日の予定は空けておけよ。ホテルに行くぞ」

「…………………え？」

唐突にホテルに行くと言われ、水紀は呆気にとられる。

春日はそんな水紀にかまわず、なんでもないことのように言葉を続けた。

「セックスをすると言っているんだ。お前だってあらかじめピルを用意しておくくらいだ。いつかこうなるって覚悟はしてたんだろ？」

「それ、は……」

「たしか陸上部の休みも月曜だったはずだ、問題ないだろ。それとも外せない用事でも入っていたか？」

問われた水紀は思わずうなずきそうになる。大事な用事が入っていると言えば予定をのばせるかもしれない。

だが、そんなその場しのぎの嘘が春日に通じるとは思えなかった。春日の黒い瞳にじっと見つめられた水紀は、力なく首を横に振る。

「……いえ、特に予定は入っていません」

「なら決まりだな」

そう言われ、今度は力なく首を縦に振る。

自分の破瓜の日がひどく簡単に決められてしまったことに、水紀は信じられない思いで唇を噛む。

と、ここで春日は水紀の身体を抱き寄せて強引に自分の膝の上に座らせた。

「あ、あの!?」

水紀があわてたように声を高める。

今の水紀はベンチに座った春日の膝の上で背中を向けている。幼い子供が父親の膝に乗っているなら微笑ましい光景であるが、当然ながら水紀と春日は親子ではない。

春日の両手がするすると伸びてきた。右手はブルマ越しに股間をまさぐり、左手はトップスの上からバストをつかむ。

これまで春日は水紀に奉仕させるばかりで、自分から水紀の身体を触ろうとはしなかった。突然のことに水紀は思わず悲鳴をあげる。

「ひあ!?　な、何を……っ」

「セックスをすると決めたからには、今のうちから身体をほぐしておかないとな。あ、念のために確認しておくが、お前は処女だよな?」

「……っ」

「その反応からして当たりか。じゃあオナニーをしたことは？」

なおも水紀が答えられずにいると、春日は背後から水紀の耳元に口を寄せ、強い口調で再度問うた。

「答えろ」

「――っ！　あ、あります……ほんのたまに、ですけど」

「どうやってやるんだ？」

「シャワーで、お股にお湯を……」

消え入るような口調で水紀は答える。

水紀は自分の身体に性欲まみれの視線を向ける異性を嫌悪しており、オナニーのような性的行為に対しても否定的な感情が強かった。

それでもときおり性欲が高ぶってしまうことがある。そんなとき、水紀はシャワーで股間を刺激して性欲が落ち着くのを待つのが常だった。

「ふむ、そうするとお前もクリトリス派か」

そんなことをつぶやきながら、春日は水紀への愛撫を再開する。後ろからがっしりと抱きつかれた水紀は、逃げることもできずに春日の手の動きに身を任せるしかなかった。

快感に慣れていない水紀の身体は、多少触られたくらいでは発情しない。だが、しつこく乳首やクリトリスといった敏感な箇所を愛撫されれば、快感はいやおうなしに増大する。

「直接さわるぞ」

そんな言葉と共に春日がブルマの中に手を差し込んできた。

水紀はとっさに春日の手から逃れようとするが、背後から抱きしめられているのだから逃げようがない。結果として自分から春日にお尻を押しつけるような格好になった。

「あ！　あ、だめ、やめてくださ……ひう!?」

ごつごつとした男性の指が性器を這いまわる。初めての感触にたちまち鳥肌が立った。

ただ、春日の動きは覚悟していたほど乱暴ではない。むしろ、優しい手つきでクリトリスの周囲をなでまわしている。

それが皮に包まれたクリトリスを露出させるための動きであることに水紀は気づかない。気づかないながらも、ますます快感が高まっていくことを感じ取り、得体の知れない予感に身体を震わせた。

「あ、は、やっ、もうやめてください！　怖い、怖いんですっ！　ああ、兄さん、助け――ふああっ♡」

涙声で愛撫から逃れようとしていた水紀の声に、不意に甘さが混じる。

当人もそのことに気づいたらしく、自分の声に自分で驚いていた。

「な、なに今の……ひあっ♡　あ、待って、やめて、そこ触らないで――ふひんっ♡」

「クリトリスの皮むき完了だ。気持ちいいか？」

「や、だめです……あっ♡　気持ちよくない、よくないですから、やめ……ひああっ♡　ああ、だめ、つまんじゃだめですっ♡　う、くぅ♡　ああ、指先でこするのやめてくださいぃぃぃ♡」

水紀がどれだけ訴えても春日の指の動きが止まることはなかった。

クリトリスだけではない。いつの間にか左手もトップスの中に侵入し、汗で濡れたスポーツブラをたくし上げて乳首をこねるようになでまわしている。さらに耳の中にも春日の舌が入り込んできた。

水紀の身体が本人の意思によらずビクンビクンと跳ねる。

そうこうしているうちに、水紀の腰のあたりからじんわりと絶頂の気配が生まれてきた。シャワーをあてて達したときに似た、けれどそれよりもはるかに強烈な快感がゆっくりと背筋を這いのぼっていく。

それを押しとどめる術を、水紀は持っていなかった。

「あっ♡　はっ♡　はっ♡　はっ♡　ああ、くるっ♡　何かきますっ♡」

「いいぞ。そのままイけ。それと、イくときはイくってちゃんと言えよ。ほら、ほら！」

「ああ♡　だめ♡　強い♡　強いです♡　ああ、知らない♡　こんなの、知りませんっ♡」

水紀の声が徐々にせっぱつまったものになっていく。髪を振り乱しながら快楽を訴え、盛んに腰を揺らす様は淫靡の一語に尽きた。

そして。

「ああっ♡　ああっ♡　イクっ♡　イクっ♡　イきますぅぅぅ！♡♡♡」

水紀はここが屋外であることも忘れ、快感のおもむくままに大声で絶頂を告げる。

同時に、水紀の身体がびくびくびく！　と痙攣するように震え、割れ目から温かい体液がびゅっびゅっと勢いよく噴き出してきた。

たちまち春日の手が愛液にまみれ、下着とブルマに大きな染みができる。

かつて感じたことのない快楽の波が去った途端、水紀は力つきたように春日の膝の上で脱力した。

「はあ……はあ……な、なんですか、今の……？」

呆然とした表情でつぶやく水紀。

春日はそんな水紀の身体を再びまさぐりはじめた。

「え……え？」

何が起きたのかわからず、水紀が戸惑ったような声をあげる。

春日は水紀の視界の外でニコリと笑いながら、なんでもないことのように告げた。

「昨日は四回もイかせてもらったからな。お返しに今日は俺が同じ数だけイかせてやる」

そう言って春日は再びクリトリスと乳首をいじりはじめる。

水紀はとっさに逃げようとしたが、後ろからがっしり抱きしめられている上、直前の絶頂のせいで身体に力が入らない。

今の水紀にできるのは、しどけない喘ぎ声を漏らしながら春日の膝の上で身体を震わせることだけであった。

幕間　佐倉花恋③

その日の朝、花恋はスマホに入ったメッセージを読んで落胆したようにつぶやく。

「今日は来なくていい……これ、やっぱり水紀ちゃんが頑張ったから、だよね」

メッセージは春日からのもので、今日の早朝セックスは中止だと伝える内容だった。

春日のセフレになってからというもの、花恋は毎朝呼び出されては淫らな行為を要求されてきた。春日の方からそれを中止すると言われたのは初めてである。

おそらく水紀がランニング後の奉仕で春日を満足させたのだろう。

その事実に花恋は胸が痛んだ。

それは年下の水紀に春日の相手を押しつける形になってしまった罪悪感。やはりアドバイスなんてするべきではなかった、と花恋は悔やむ。水紀が望んだこととはいえ、花恋が春日の喜ばせ方を教えたばかりに、春日は水紀のことを気に入ってしまったに違いない。

そうでなければ、毎日手のひらの上にのせてなめるように花恋の身体を味わってきた春日が「今日は来なくていい」なんて連絡してくるはずがない。

今後、セフレの役割は花恋ではなく水紀が務めることになってしまうかもしれない。その可能性はかなり高いと花恋は判断していた。

何故なら、水紀は同性である花恋の目から見ても魅力にあふれた女の子だからである。

今すぐモデルが務まるくらい整った容姿に艶のある黒髪。性格は真面目で頑張り屋。少し堅物のきらいもあるが、親しくなれば茶目っ気も見せてくれる。他にも水紀の美点をあげればきりがないが、特に花恋が羨ましいと思っているのはスタイルの良さだった。

陸上で鍛えられた身体は鋭く引き締まり、それでいて女の子らしい柔らかさを失っていない。花恋もスタイルには気をつけているのだが、水紀のスラリとした体格と比べると、花恋の身体は胸を中心に肉が付きすぎている。

花恋にしてみれば、無駄に大きい胸は肩こりの原因になるし、選べる下着も少ないし、男子がじろじろ見てくるし、良いところなど少しもない。自身の身体にコンプレックスさえ抱いている花恋が、水紀の細くしなやかなスタイルに憧れるのは当然のことだった。

女の子である自分がそう思うのだ。春日が自分より水紀を抱きたいと思っても何の不思議もない——そう考えた途端、花恋の胸がまたずきりと痛んだ。

今度の痛みは後輩への罪悪感によるものではない。それは春日の関心が自分以外の女の子に向けられてしまうことへの不安だった。

おかしな話だ、と花恋は思う。脅迫相手の関心が他に向けられるのだ。水紀への罪悪感は別にして、喜びこそすれ不安に思う必要などどこにもない。そのはずなのに、花恋は春日の目が自分以外に向けられることを恐れている。

花恋の脳裏にいつかの春日の言葉がよぎった。

『お前がセフレになろうとなるまいと、花恋はこれからもずっと俺のセフレだ』

『お前程度が花恋の代わりになれるわけないだろ』

『花恋は俺のオンナだ。他の誰とも引き換えにするつもりはない』

それは春日が初めて会った水紀に向けた言葉だ。本心からの言葉であるとは花恋も思っていない。おそらく、水紀をセフレにするための手段の一つだったのだろう。

だが、花恋はその言葉を嬉しいと感じてしまった。内心で「女の子としてかなわない」と思っていた水紀と比べられ、その水紀よりもはるかに魅力的であると評してくれた春日の言葉に心が動いてしまったのである。

花恋が自分の変化を明確に意識したのはあの時だった。脅されて仕方なく従っているだけの関係が、自分の中で変わりつつあることを自覚してしまった。

以来、花恋はなるべくそのことを意識しないようにしてきた。春日に従うのは弱みを握られているからであり、春日とセックスする理由もそれと同じである、と。

だが、その言い訳もそろそろ限界を迎えようとしている。春日から「来なくていい」と言われただけで、こんなにもショックを受けている自分がいる。その事実をこれ以上無視することはできなかった。

――ただ、自分の変化を自覚して、では次にどう行動するべきかと考えたとき、花恋は答えを出すことができないでいる。

いや、正確に言えばわかってはいるのだ。春日の望みは花恋をセフレにすることだから、もっとセフレとして春日のために尽くせばいい。そうすれば春日は喜んでくれるし、水紀に向けられつつある関心を引き戻すこともできるだろう。しかし、弱みを握られてやむをえず、というならまだしも、自分の意思で春日に尽くせばそれは恋人である九条への裏切りだ。そのことが花恋をためらわせていた。

春日に惹かれているのはもう否定しようがないが、だからといって九条を嫌いになったわけではない。九条の恋人として過ごした三年間を裏切りという形で終わらせたくはなかった。

そのためにどうすればいいかはわからない。ただ、今のままではいけないということだけはわかっている。

花恋は錯雑とした思いを持てあましたように、ベッドの上で大きくため息を吐いた。

「おはよう、花恋」

その日、いつもより沈んだ顔でサッカー部の朝練に出た花恋は、九条に声をかけられてあわてて笑顔をつくった。

「おはよう、真くん」

「……少し調子悪そうだけど、大丈夫か？」

九条は花恋の変調に気づいたらしく、気づかわしげに尋ねてくる。

次に花恋が浮かべた笑みは意識してつくったものではなかった。

「心配してくれてありがとう。大丈夫だよ」

「そっか。それなら良いけど無理はするなよ。それから、今度の月曜日だけど先週言ったとおり花恋が俺の家に来るってことでいいよな？」

「……え？」

恋人が自分のことを見てくれていることに喜んでいた花恋は、九条の言葉に怪訝そうに首をかしげる。

「今度の月曜日？　私、家族で食事に行く予定なんだけど……真くんとは約束してなかったよね？」

そう答えると、今度は九条の方が「え？」と言って眉根を寄せた。

「約束っていうか、先週誘っただろう？　その時、おばさんと出かけるって断ってきたじゃないか。だから今週はって思ってたんだけど」

「それは……先週のことは申し訳なかったけど、月曜日はもうお父さんがお店の予約をしちゃったから、キャンセルはできないよ」

花恋が困ったように応じる。

それを聞いた九条は機嫌を損ねたように声をとがらせた。

「先週はおばさんで今週はおじさんか。先週は譲ったんだから、今週は俺を優先してくれてもいいんじゃないか？」

九条としては先週の誘いを断られた時点で「次の休みは自分との予定を入れてくれている」と思っていたのである。

インターハイ予選の最中ということもあり、このところ練習がいつにも増して厳しくなっている。

はっきり言ってしまえば九条は溜まっていたのだ。先週断られていただけに、今週こそはという思いが強かったのである。

それなのに、花恋はまたしても自分の誘いを断って家族との時間を優先しようとしている。家族と食事なんていつでもできるじゃないか——九条の声にはそんな不満がにじみ出ていた。

そんな恋人の言葉を聞いた花恋の眉がぴくりと動く。

先週のことに関しては花恋も申し訳ないと思っていた。あのとき口にした「お母さんと出かける予定がある」というのは、春日とラブホテルに行くことをごまかすための完全な嘘だったからだ。

そのことに罪悪感を抱いていたからこそ、九条が口にした「誘いを断った代わりにパイズリしてくれ」という要求も素直に受けいれたのである。

しかし、誓って断言するが、パイズリしていた時も、した後も、九条は来週の予定のことなど一言も口にしていない。それなのに、さもこちらが約束を破ったかのような態度をとる九条に、花恋は小さく、しかしはっきりと苛立ちをおぼえた。

そもそも、花恋が九条に嘘をつかなければならなかった原因は、他ならぬ九条にあるのだ。花恋は恋人のためにその尻ぬぐいをしているのに、どうして責めるような目を向けられなければならないのか。

花恋は反射的にそう思い、とっさに九条に言い返していた。

「先に約束していたならともかく、そうじゃないのに家族との時間にまで口を出してほしくないっ」

口から出た言葉は花恋自身が驚くほどに冷たく、とげのあるものだった。これまで花恋は恋人に対してこんな声を向けたことはない。

九条が驚いたように息をのむ。まずいと思ったのか、九条はごまかすように頭をかいて笑った。

「ま、まあそうだよな！　ごめん、言ってみただけだよ」

「……うん、わかった。それじゃあこの話はここでおしまいでいいよね？　私、朝練の準備を始めるから」

花恋はつっと九条から視線をそらしてその場を後にする。

九条は背中を向けた恋人に何か言おうと口を開いたが、その口から声が発せられることはなかった。

第六話　九条妹をラブホテルに連れ込んでみた

週明けの月曜日、俺と水紀はそれぞれの部活の休みを利用してラブホテルに足を向けた。

水紀とホテルに行くにあたり、俺が選んだのは以前に花恋と行ったホテルである。

前回水紀に見つかってしまったように、近場ゆえに知り合いに見られる危険はあるが、それを差し引いてもあそこが良い。もっと言えば、あの時と同じ部屋が良い。あそこは雰囲気が落ち着いており、窓からの眺めも良かった。

良い雰囲気でセックスするには絶好の場所だと言えよう。

問題は同じ部屋を取れるかどうかだったが——世界中がネットでつながるこの

時代、ラブホテルの部屋だってネットで予約できるので問題ない。まあ前回花恋と行くまではそういう方法があるとは知らなかったんだけど。何事も経験だな、うん。

学校が終わった後、俺たちは一度自宅に戻り、私服に着替えてからホテルに向かった。

水紀の服装は白い長袖のブラウスに黒のロングスカートというシンプルなもので、身バレ防止用に伊達メガネをかけ、ベレー帽をかぶっている。もうじき七月だというのに、腕や脚をしっかり隠しているのは男の視線を避けるためだろう。

頭の後ろで一つに結わえた長い黒髪と、陸上で鍛えたすらりとしたスタイルが、シンプルな服装とあいまって清涼感のある雰囲気をつくりだしている。長袖やロングスカートなのに暑苦しさを感じないのはそのためだ。

さて、その水紀であるが、俺と落ちあってからというものまったく口を開かない。この先の出来事に緊張しているのは明らかであり、どこか青ざめているようにも見える。

ホテルに到着し、例の部屋に入っても水紀の態度は変わらなかった。

ただ、部屋の入口で彫像のように立ち尽くして動こうとしない一方で、この場から逃げ出そうとはしないあたり、水紀なりに覚悟は決めているようである。

俺はそんな水紀に声をかけた。

「突っ立ってないでこっちに来い」

窓際に立って呼びかけると、水紀がかすかに身体を震わせるのがわかった。

ややあって、うつむくように小さくうなずいた水紀がゆっくり俺のところへやってくる。

俺は水紀がやってくるのを待って、ぱっとカーテンを開いた。

すると。

「わ……」

水紀は驚いたように目をみはり、窓から見える眺望に吐息を漏らす。良い景色を目にすることで少しは緊張がほぐれたらしい。

俺はそんな水紀の細い肩に手をまわすと、ぐっと力を込めて相手の身体を抱き寄せた。

「きゃっ」

小さな悲鳴をあげて水紀が身体を強張らせる。ひきつった顔をしているのは、たぶんすぐにも俺が襲いかかってくると思ったからだろう。

だが、俺は水紀を抱き寄せたまましばらく動かなかった。窓の外に視線を向け、ときおり思い出したようにブラウス越しに水紀の肩を撫でる。

そんな俺に戸惑ったように水紀がチラチラ視線を向けてくる。明らかに俺の行動をいぶかしんでいたが、それでも俺が早急に事におよぶつもりがないことはわかったらしく、ほぅ、と安堵の息を吐いている。

「良い景色だろう？」

相手の緊張をほぐすために話しかけると、水紀はためらいながらも小さくうなずいた。

「……はい。そう思います」

「隣に美少女がいると綺麗な景色がいっそう映える」

そう言うと美少女さんは困惑の表情を浮かべてうつむいてしまう。

俺はけらけらと笑った。

「あれ、そう思うとは言ってくれないのか？」

肩を抱いたままからかうと、たちまち水紀の頬が真っ赤になった。もし、窓の向こうからこちらを見ている人間がいたら、若いカップルがイチャイチャしているように見えたかもしれない。

その後も俺は水紀の肩を撫で、髪をさわり、手を握り、とスキンシップにいそしみながら、今日のファッションを褒めそやす。

水紀はますます顔を赤くして照れたが、同時に身体の強張りは少しずつ消えていった。

頃はよし、と見た俺は水紀の耳元に口を寄せて言う。

「水紀、眼鏡を取るぞ」

相手の返事を待たずに水紀の伊達メガネを取る。なんだか見覚えのある形なので、もしかしたら花恋あたりと買いに行った物なのかもしれない。

メガネを窓枠に置いた俺は、どこかぽーっとしている水紀を見る。七日前、写真を見てこの子の処女を奪いたいと妄想していた相手が、ホテルの一室で頬を上気させて俺を見つめている。

熱に浮かされたようなその顔を見るだけで、股間が痛いくらいに膨らんだ。

「綺麗だよ、水紀」

「……あ」

水紀のあごに優しく手をかけ、くいっと上にあげる。

少女の透き通るような黒い双眸に俺の顔が映っている。水紀がわずかに唇を開いたのは偶然か、あるいは次に俺がとる行動を予測したのか。

そんなことを考えながら、俺は顔をかたむけて水紀の唇に自分の唇を重ね合わせた。

「あ……ん！」

水紀の身体がびくりと跳ね、唇が硬く引き結ばれる。

俺はこれまで水紀にいろいろしてきたが、キスとセックスは避けてきた。そのため、水紀はどうすればいいのかわからない、と言うように肩を縮めている。

俺はそんな水紀の身体に手をまわすと、力を込めてしっかり抱きしめた。そうして優しくキスしながら相手の緊張がほぐれるのを待つ。

「ん……ん……んあっ」

水紀はくぐもった声をあげながら、戸惑ったように俺を見ている。たぶん、今日はもっと乱暴に扱われることを覚悟してきたのだろう。

水紀がそう考えるのは当然だった。

今日まで俺は水紀のことをかなり乱暴に——というより雑に扱ってきたからである。

何度も花恋と比べてはこき下ろし、キスも知らないであろう少女にペニスへの奉仕を強要した。その奉仕にしたところで、知識も技術もない水紀を責め立てて追いつめ、ついには「相手にする価値もない」と言わんばかりに奉仕を求めることさえしなくなった。チ×ポだおマ×コだと故意に下品な言葉を浴びせてもいる。

水紀が花恋の助言を受けて態度をあらためてからは、あえて雑に扱うことはしなくなったが、それでも水紀にしてみれば奴隷にでもなった気分だったに違いない。

もちろん、それらは考えあってのことである。

当初の水紀は俺に対する敵意はもちろん、異性に対する明確な嫌悪感が見て取れた。その状態でキスしたり優しく抱きしめたりしても嫌悪感を募らせるばかりだろう。

そう考えた俺はとにかく水紀を否定した。その上で事あるごとに「花恋はお前たち兄妹のために俺とセックスさせられているのだ」と伝え、水紀の罪悪感を煽り立てた。そうすることで水紀の反抗心をへし折って「花恋のためにも春日真の言うことに従わざるをえない」という認識を植えつけようとしたのである。

その思惑はうまくいったと言っていいだろう。その証拠に、水紀は自分の意思で俺と一緒にホテルに来てキスをしている。

そうやって水紀を追い込んだ上で、今日という日に優しく丁寧に扱ってやることで相手の心に付け入る隙をつくる。それが俺の狙いだった。

「ん……ふ……んんっ……ちゅ……ちゅ」

キスを重ねるごとに水紀の身体が熱を帯びていくのがわかった。

俺はさらにキスを続けたが、しばらくすると水紀の声に苦しげな響きが混ざりはじめる。キスに慣れていないせいでうまく呼吸できないのだろう。そうと察した俺は相手の唇をぺろりとなめてからキスをやめた。

唇が自由になった水紀は、あわてたようにスーハースーハーと呼吸を繰り返す。

そうやって息を落ち着かせた水紀は、不意に何かに気づいたように唇に手をあてた。

「あ……私、初めて……」

「ファーストキスだったのか？」

尋ねると水紀は顔を真っ赤にしてうなずく。

俺は水紀を抱きしめる手に力を込めると、相手の耳元でささやいた。

「九条水紀のファーストキスの相手になれるとは光栄だ」

「～～～っ」

それを聞いた水紀は耳たぶまで真っ赤に染めた。

つややかな黒髪が窓から差し込んでくる陽光を映してきらりと輝く。俺は誘われるように水紀の髪に手をあてると、指で髪をすいた。

髪への愛撫が心地よかったのか、水紀の口から鼻にかかったような声が漏れ出てくる。

その声に興奮を誘われた俺は、髪を撫でながら水紀に顔をあげるよううながした。

「水紀、こっちを見ろ」

「は、い……んむうっ⁉」

顔をあげた水紀の唇を、今度はさっきよりも強引に奪う。そのままちゅっちゅっと音を立てて唇に吸いつき、さらに舌で唇の表面をなめていく。

水紀が驚いたような、恥じらうような表情をする。俺は相手の表情の変化を楽しみながらキスを続けた。

「ん……ちゅ、ちゅ……むちゅ……ひあ、そこ、くすぐった……んんんっ！　むっ……ちゅ、ちゅ、ちゅううう♡」

二つの唇が溶けるように重なり合い、淫らなキス音を室内に響かせる。

ここにいたっても逃げようとしない水紀を見て、もうよかろうと判断した俺は、相手の唇を割って舌を侵入させる。

舌先で水紀の舌をちょんちょんとつつくと、水紀はあわてたように舌を引っ込めたが、俺は口内深くまで舌を挿し込んで水紀の舌を絡めとった。

舌と舌が重なり合う未知の感覚に水紀の身体がびっくんと跳ねる。

以前、花恋相手に舌を嚙まれたことを思い出した俺は、一度絡めた舌をすぐに離すと、相手の髪を撫でながらもう一度舌で相手の舌をつついた。

すると、水紀はしばらくためらった末、おずおずと舌を触れ合わせてくる。

俺たちはゆっくり触れ合うように舌を絡め合った。

「ん……むちゅ……れろ……れろ……♡　ん、ちゅく、ちゅる……はむ、あむ……ん、くちゅ……♡」

「ん、ちゅう——気持ちいいか、水紀？」

「わ、かりません……これ、舌がざらざらこすれ合って、脳に直接響くみたいで……こんなの知らな——うむう⁉　ちゅ♡　ちゅう♡」

わからない、と言いつつ水紀の顔は明らかに快楽でとろけている。またねっとり舌を絡めてやると、水紀はたまらず身をよじらせた。

その反応を見れば、水紀が初めてのディープキスで快感を得ていることは明らかである。もしかしたら舌も性感帯なのかもしれない。

そんなことを考えながら俺は水紀と舌を絡め続ける。そうやってディープキスを続けるほどに喘ぎ声は高まっていき、いつしか水紀の手は俺の背中にまわされていた。

「ぷはっ」

たっぷりと水紀の口内を味わった俺は、名残惜しさを感じながらも次の段階に移るために舌を引き抜いた。

水紀を見ると「はぁ……♡　はぁ……♡」と荒い息を吐きながら、熱に浮かされたように潤んだ目で俺を見ている。

俺は水紀をうながして窓際から離れると、部屋の中央にあるダブルベッドに向かった。

ベッド脇に立って服を脱ぐように言うと、水紀はわずかにためらった末、消え入るような声で「わかりました……」と応じる。

シンプルなブラウスとスカートの下からあらわれたのは、やはりシンプルな白いレース下着の上下だった。ショーツと左右のカップにはそれぞれ黒いリボンがあらわれていて、年頃の少女らしい清楚さと色気が感じられる。

見事なくらい俺好みの下着のセンスで、自然と鼻息が荒くなった。

俺はむしりとるように自分の服を脱ぎ捨てると、手早くコンドームを装着して水紀をベッドに押し倒す。

そのまま水紀の身体に覆いかぶさった俺は、再びキス責めを開始した。

同時に、水紀の身体に手を這わせる。下着越しに胸を揉み、割れ目を撫で上げ、目の前の処女が少しでも破瓜の苦痛から逃れられるように快感を高めていく。

そうやって愛撫を続けていくと、やがてショーツの下からそれとわかるくらいくちゅくちゅと水音が鳴りはじめた。

水紀の甘くとろけた声を聞きながら、この分なら挿入に支障はないだろうと判断する。

「水紀」

「ん、あ……はい？」

「下着を脱がせるぞ」

言いながらブラの肩紐に手をかける。

それまで俺から注ぎ込まれる快感に喘ぐばかりだった水紀は、ここで何かを察したように目を伏せた。

　水紀の逡巡はしばらく続いたが、今日という日を迎えるにあたって覚悟は決めていたのだろう。ほどなくして、俺の目を見返しながらはっきりうなずいてみせた。

「はい、わかりました」

　了承を得た俺は手早くホックを外してブラジャーを取ると、次にショーツに手をかける。

　すると、水紀はぐっと腰をあげてショーツを脱がせやすいようにしてくれた。

　俺は相手の協力的な姿勢に驚いたが、水紀にしてみれば「覚悟を決めた以上は当然のこと」という心境だったのかもしれない。

　だとすれば、いかにも生真面目な水紀らしいと思いつつ、俺は相手の下着を取り去る。

　あらわになる水紀の性器。

　俺は身体を起こすと、水紀の膝をひらいてテラテラと濡れ光る割れ目をじぃっと凝視した。

「う……は、恥ずかしいです……っ」

水紀が両手で顔を覆いながら羞恥を訴える。

股間を隠さないでいいのか、とからかおうかと思ったが、そろそろ自分の股間が限界だったので無駄口を叩くのはやめにした。

俺は自身のペニスを握りしめると、亀頭を膣口に押し当てる。

そして。

「いくぞ、水紀」

「は、い――――ん、くぅ!?」

水紀の膣口は花恋よりも小さく、膣肉も硬かった。

できるだけほぐしたつもりだったが、処女の性器はそう簡単に柔らかくなったりしないらしい。

やはり一度は絶頂させた方がいいだろうか、と思ったが、今からペニスを引き抜いて水紀をイかせてまた挿入する、というのはいかにも迂遠だった。

何より、俺自身が挿入を我慢できない。

俺はこのままセックスを続行することに決めた。へたに時間をかけるよりは、ひと思いに貫いた方が水紀としても楽だろうと考え、強引に腰を突き出して膣内に亀頭をこじいれていく。

「ぐううう！　あ、つ……ひ、ぎ……い、痛いっ」

亀頭で膣内をえぐるたび、水紀の口から苦しげな声が漏れる。顔は苦痛で歪み、両手はベッドシーツをきつく握りしめ、全身で苦悶を訴えている。

だが、俺は腰の動きを止めなかった。

前述したように、へたに時間をかけるよりはひと思いに、という思いがあったからである。

──ただ、それ以外にも理由はあった。わりとしょうもない理由が。

俺は破瓜の苦痛にもだえる水紀を見て興奮していたのである。自分は今、九条水紀という年下の女の子の処女を奪い、自分のものにしているのだという実感が全身を満たし、たとえようもないほどの征服感をおぼえる。

一週間前、花恋から送られてきた写真を見て妄想したことを、俺は現実のものにしたのだ。

いずれ水紀も花恋のように俺の肉棒で喘ぐようにしてやる。可能ならば今日にでも。

となれば、挿入で苦しむ水紀を見られるのは今のうちだけだ。そう思うと自分でも驚くくらいペニスが硬く、大きくなった。

「あ、ぎ……っ！　大きく、なって……ど、どうして？」

水紀が泣きそうな目で俺を見る。

お前が苦しむ姿を見て興奮しているんだ——とはさすがに言えなかった。代わりに優しく微笑んで水紀の頬を撫でてやる。

俺に頬を撫でられた水紀は、苦しそうにうめきながらもわずかに表情を緩めた。そうしているうちに、亀頭の先端に何かが触れた。ただきつい道を通るだけだったここまでとは異なり、明確な壁がある。

ペニスがそれに触れた途端、これまでにも増して水紀の膣内の締めつけが強くなった。初めて体験する処女の収縮は、肉棒を締めつけるというより握りつぶそうとしているかのようだ。万力でペニスを挟んだら、これと似た感覚を味わえるかもしれない。

早くここから出て行って、と水紀の膣が叫んでいる。それは水紀の本音でもあるのだろう。

俺は相手の悲痛な叫びをまるっと無視して言った。

「水紀、お前の処女をもらうぞ」

「……う、ぐ……は、はい……わかり、ました……っ」

苦しげにうなずく水紀の目から、つぅっと涙がこぼれ落ちる。

その涙を見て興奮の頂点に達した俺は、ズンッ、と勢いよく腰を突き出して行く手をさえぎる膜を突き破った。

直後。

「あぎぃいいいいいいっ‼」

快楽などかけらもない、ただ苦痛のみを宿した絶叫が室内にこだました。

水紀の膣が締めつぶすような勢いでペニスを圧迫してくる。痛いほどの締めつけだったが、この痛みこそ水紀の処女を奪った何よりの証であるという実感が睾丸を燃え立たせ、煮え立つような射精感が全身を駆けめぐる。

たまらない。たまらない。たまらない。

女の子、それも水紀のような美少女の「初めてのオトコ」になったという本能的な快楽に脳髄を焼かれた俺は、気がついたら精液をほとばしらせていた。

あまりの気持ちよさに身体が痙攣したようにぶるぶる震え、視界が真っ白に染まる。どぴゅどぴゅどぴゅ！　と続けざまに吐き出される精液はいつ尽きるともしれず、膣の中でコンドームがどんどん膨れていくのがわかる。

気持ちよすぎて苦しい、と感じたのは人生で初めてだった。

しばらくしてすべての精液を吐き出し終えた俺は、水紀の膣内からずりずりとペニスを引き抜く。きゅぽ、とコルク栓を抜くような音を立ててペニスが抜かれると、その後を追うように破瓜の証である血が一筋、膣口から流れ落ちてベッドシーツを汚した。

水紀は精も根も尽き果てたというようにベッドの上で荒い息を吐いている。その顔は涙と鼻水とよだれにまみれていたが、俺はそんな水紀の顔を素直に綺麗だと思った。

「水紀」

「…………は、い？」

「最高に気持ちよかったぞ」

そう言って唇にキスをする。

軽く唇を重ねるだけのつもりだったが、水紀は俺の首に手をまわすと、離さないと言うようにぎゅっと力を込めて抱きついてきた。

それだけでなく、水紀は自分から俺の口に舌を挿し込むや、すがるように舌を絡めてくる。おそらく、破瓜の痛みに耐えるためにディープキスの快楽を求めているのだろう。

俺はそんな水紀の行動に内心でほくそ笑みつつ、相手の望みどおりねっとりと舌を絡めて快楽を送り込む。

それからしばらくの間、室内には俺と水紀の舌が絡み合う淫らな音が響いていた。

すぅすぅという穏やかな寝息が先ほどから俺の耳をくすぐっている。

それは俺に腕枕されている水紀の寝息だった。

俺とのディープキスの最中、不意に力つきたようにこてんと寝入ってしまったのである。

俺はサイドテーブルに置いてあったウェットティッシュで水紀の顔や身体の汚れをぬぐうと、相手の頭の下に右腕をもぐりこませて腕枕の体勢をとった。

そうやって寝ている水紀の髪を撫でたり、身体をさわったりしていると、水紀はときおり気持ちよさそうに甘い声をあげる。

一方で、ときどき苦しげに眉根を寄せることもあった。処女を失った痛みがまだ膣内で続いているのだろう。

すぐにも痛みで目を覚ますものと思われた水紀だが、窓の外が段々と暗くなってくる時刻になっても眠りから覚めることはなかった。

もしかしたら、昨日の夜はほとんど寝られなかったのかもしれない。水紀の立場に立って考えれば無理もないことだ。目の下にクマはなかったように思うが、そのあたりは化粧でごまかしていたのか。

そう考えると無理に起こす気にもなれない。高いお金を払って購入した貴重な時間が失われてしまうが、こうして水紀を抱き枕代わりにして眠るのも、それはそれで乙なものである。

結局、水紀が目を覚ましたのは太陽が完全に沈んだ夜の八時前のことだった。

腕の中でゆっくりと目を開けた水紀は、どこかぼんやりとした眼差しで俺の顔を見つめると——

「……お兄ちゃん？」

ふわふわとした口調でそんな言葉を向けてきた。

その言葉に俺が反応しようとした直後、水紀は不意に顔をしかめて苦痛の声をあげる。

「痛ぁ……なに？　お股どうして…………………あっ」

股間に手を持っていって不思議そうな顔をしていた水紀は、ここでようやく意識が覚醒したらしく、ハッと目を見開いた。

その顔にいくつもの表情が去来する。それは必ずしも俺にとって好意的なものばかりではなかった。

先刻、水紀は俺に処女を捧げ、最後には向こうから激しく舌を絡めてきた。あのときの水紀は間違いなく俺を受けいれていたはずである。

とはいえ、雰囲気に流された面も否定できない。

なにせ、俺たちの関係は脅迫から始まっている。情事の興奮が去り、十分な睡眠をとってからこれまでの経緯を振り返ったとき、水紀の心に残ったのが俺に対する否定であっても不思議はなかった。

であるならば。

「んむっ⁉」

俺は水紀の中の感情が定まる前に唇を奪った。

そして、さも当然のように相手の口内に舌を挿し入れる。腕の中で水紀は驚いたように身体を硬直させていたが、それもごくわずかな時間だけ。

俺が舌先で誘うように水紀の舌をつつくと、水紀は先刻の濃厚なキスを思い出したのか、ためらいながらもそっと舌を絡めてきた。

おずおずとした接触は、すぐにねっとりと舌を交わらせるディープキスへと変化していく。

「ん……ん……ん、ちゅ……♡　あむ、れろ……れろ……♡　はぁ……はぁ……ん、ちゅ♡　じゅるっ♡　じゅるるっ♡」

互いの身体を抱きしめながら、唇を重ね合い、舌を絡め合い、唾液を飲ませ合う。

先刻、向こうが喜んだ行為をこれでもかとばかりに繰り返すと、水紀の目はたちまちトロンととろけてきた。

俺に向ける視線は快楽と熱情で染められ、先ほどまであったはずの否定の感情は溶けるように消えていく。もういいだろうと判断した俺は、キスをやめて水紀に話しかけた。

「おはよう、水紀」

優しくささやきかけると、水紀は照れたような笑みを浮かべた。

「は、はい、おはようございます」

「さっきはだいぶ無茶をしてしまったけど、身体は大丈夫か？」

「はい。あ、あの、まだ少しだけお股が痛いですけど、これくらいなら問題ありません」

それを聞いた俺はほっと安堵の息を吐いた。

「それなら良かった。水紀の初体験が痛いだけのつらいものになってしまったら俺の責任だからな」

「心配しないでください。痛いだけ、なんてことはありませんから。その、と、とても気持ちよかったですっ」

それが水紀の本音でないことは明白だった。なにせ水紀自身は破瓜の痛みに苦しんだだけで、絶頂してもいないのである。水紀は花恋を助けるために俺に媚びてみせたに過ぎない。

だが、それでも水紀の口から「あなたとの初体験は気持ちよかった」と言わせたことには大きな意味がある。俺は水紀のなめらかな髪を指ですきながら微笑んだ。

「そう言ってもらえると嬉しいな。さっきも言ったが、水紀とのセックスは最高に気持ちよかったぞ」

「あ、ありがとうございます。そう言ってもらえると、私も嬉しいです。あの、キスの続き、してもらっても――ん♡　んちゅ♡　むちゅっ♡」

俺は求められるまま水紀に何度もキスを繰り返す。

先ほども述べたが、すでに時刻は夜になっている。ホテルにいられる時間もあと一時間といったところだろう。

本音を言えば、あと二回はセックスしたかった。

だが、水紀はまだ股間を痛がる様子を見せている。今の水紀なら、俺がぜひにと求めればセックスを拒むことはないだろうが、ここは己の性欲より水紀の体調を優先するべきだろう。今日まで粗雑に扱ってきた分、今後は甘々路線で水紀の心を絡めとっていく所存である。

そんなわけでこれ以上のセックスを諦めた俺は、汗やら体液やらを洗い流すべく水紀と泡の出るお風呂に入ることにした。ラブホテル特有の大きな風呂はまるでプールのよう――というと少し大げさだが、家庭用の浴槽ではなかなかお目にかかれないサイズなのは間違いない。

俺は水紀と一緒にお湯につかると、後ろから抱きかかえながら柔らかい身体の感触を楽しんだ。

ちなみに、この部屋では風呂からも外の景色を楽しむことができる。お湯の中で水紀を可愛がりながら見下ろす街の夜景は、なんというか、最高だった。この街の王様にでもなった気分。

水紀も俺の愛撫に身をゆだね、ときおり甘い声をあげながら外の景色に見入っている。

そうやって悦楽の時を過ごしているうちに、俺はふと水紀が眠りから覚めた際に発した一言を思い出した。

「そういえば、水紀」

「ん……♡　なんでしょうか？」

お湯に濡れないように髪を結い上げた水紀が、俺にもたれかかりながら言う。

俺は相手の髪に軽くキスしてから言葉を続けた。

「さっき目を覚ましたとき、俺のことをお兄ちゃんと呼んでいたが、家では兄貴のことをそう呼んでいるのか？」

このとき、俺は深い考えがあって尋ねたわけではなかった。

先日、部室でパイズリ動画を見せたとき、水紀は九条のことを「兄さん」と呼んでいた。外では兄さんと呼び、家ではお兄ちゃんと呼んでいるのだろうか、となんとなく気になっただけである。

するると、水紀はたちまち首筋まで真っ赤に染めて恥ずかしそうに目を伏せた。

「あ、あれは……その……！」

「ああ、別にからかおうとしてるわけじゃないぞ。なんとなく気になっただけだ」

軽く告げると、水紀はひとつ大きく息を吐いてから理由を話しはじめた。

それによれば、水紀は小学生の頃に見知らぬ男性につきまとわれていた時期があったらしい。ストーカーというやつである。

幸いなことに直接的な被害を受けることはなく、ストーカー自体もすぐにいなくなったそうだが、小学生の水紀が受けた影響は小さいものではなかった。見知らぬ男性を警戒するあまり、一時期は外に出ることもできない状態だったらしい。

そのとき、水紀を支えたのが兄の九条である。九条は怖がる妹を、それこそ付きっ切りで守ってやったそうだ。水紀はそんな兄を頼りにし、甘え、夜中に兄のベッドで寝ることもしょっちゅうだったという。

水紀はどこか懐かしそうな声で言った。

「目を覚ましたとき、誰かに抱いてもらっている、守ってもらっていると思ったんです。それで、あの頃のことを思い出して、つい……」

「なるほど、そういうことだったか」

俺は納得したようにうなずいた——が、内心では面白くなかった。処女を奪ったセフレの心に九条の存在が深く根付いていることが面白くなかったのである。

もちろんこれは仕方のないことである。水紀にしてみれば、脅迫されてセフレになった男と、長年一緒に暮らしてきた兄を比べたとき、どちらを大切に思い、どちらを頼りにするかは自明である。比ぶべくもない、というやつだ。

だが、面白くないものは面白くない。俺は水紀の乳首をつまむように愛撫しながら耳元でささやいた。

「兄貴と仲がいいんだな、水紀は」

「ん♡　あ、は、はいっ♡　あ、でも……あふっ♡」

「でも、なんだ？」

「花恋さん、とぉ♡　お付き合い、するようになってから……はぁっ♡　あんまり、かまってくれなくなって……あ♡　はあん♡」

俺は水紀の乳首をこねまわしながらふむふむとうなずく。

さすがに彼女と妹を比べたら彼女を優先するか。そういえば、かつて妹をストーカーから守った九条は、妹が俺という脅迫者につきまとわれていることに気づいてやれたのだろうか。

答えは聞くまでもない。九条が妹の異常に気づいていたら、俺と水紀が一緒のお風呂に入るようなことはなかっただろう。

そのことはわかっていたが、俺はあえて水紀に問いかけた。

「お前が俺の相手をさせられていること、兄貴は気づかなかったのか？ 今日だけじゃない。この一週間、お前の様子がおかしいことに一度も気づいてくれなかったのか？」

「それ、は……」

「だとしたら、頼りない兄貴だな」

そう言うと、俺は風呂の中で水紀の身体を持ち上げ、くるりと反転させる。

正面から水紀を抱きしめた俺は、相手の頬に口づけしながら言葉を続けた。

「水紀は俺のセフレだな？」

「は、はい……っ」

「呼ばれたらいつでも駆けつけて股をひらく、俺のオンナだな？」

「そ、れは……」

さすがにこの問いには「はい」と答えられなかったのか、水紀が目を伏せながら躊躇する。

俺はそんな水紀の唇を割って舌を侵入させた。ディープキスの快楽を知った水紀はもう拒んでこない。

丹念に舌を絡め合い、口内をなめまわし、たっぷりの唾液を飲ませてから、俺はあらためて水紀に問いかけた。

「水紀は俺のオンナだな？」

「あ……♡　それは…………は、はいっ」

目を潤ませながらうなずく水紀に、俺はニヤリと笑って告げた。

「よし。それなら、これからは頼りない兄貴に代わって俺がお前を守ってやる。新しい兄貴としてな」

言うなり、俺は再び水紀の桜色の唇に自分の唇を重ね、舌を挿し込んだ。そのまま水紀が満足するまで舌を愛撫した後、強い口調で確認する。

「いいな？　今日から俺がお前の兄貴だ」

「で……でも……」

「いいな？」

強い口調で再度問いかける。そうすると、もう水紀はあらがえなかった。

消え入るような声で返事をする。

「わかり、ました……」

「兄貴である俺のことはお兄ちゃんと呼べ。いいな、水紀？」

「お、お兄ちゃん……」

「もっとはっきり！」

「お兄ちゃんっ」

「ん、そうだ。よく言えたな。さすがは俺の可愛い妹だ」

俺が頭を撫でて褒めてやると、水紀は、くぅん、と犬が甘えるような声をあげて俺を見た。

「お兄ちゃん……お兄ちゃん……」

舌の上で転がすように何度もお兄ちゃんとつぶやいた水紀は、やがて我慢できなくなったように俺の唇にむしゃぶりついてきた。

さらに、お湯の中で屹立していたペニスに自分の割れ目をこすりつけ、上下に動かしはじめる。

まだ挿入はつらいらしく挿入はしない。先日来、毎日のように続けているブルマコキでつちかった性器奉仕の応用だった。これなら痛みも最小限で済む、と判断したのだろう。

水紀が急に積極的になったのは、もうこれ以上何も考えたくない、ただ気持ちいいことだけをしていたい、というある種の逃避だと思われる。いきなり俺に従順になったわけではない。

だが、これはこれで俺にとって好都合だった。水紀が快楽に逃げれば逃げるほど、俺への依存が強まっていく。いずれは水紀を快楽に溺れさせ、名実ともに俺のイモウトにしてやろうと心に決めた。

「ちゅっ♡　ちゅっ♡　ちゅううう♡♡　れろ♡　れろ♡　お兄ちゃんっ♡　気持ちいいですか？♡♡　私の身体、気持ちいいですか？♡♡」

「ああ、いいぞ、水紀。お前は最高だ。最高の妹だ」

「ああ、嬉しい♡　嬉しいです、お兄ちゃん♡　もっと気持ちよくなって♡　お兄ちゃん♡　私のお兄ちゃん♡♡」

水紀の腰が激しく上下に動き、浴槽の水がぱちゃぱちゃと跳ねまわる。

妹からの愛情のこもったディープキスと性器奉仕によって、俺の中の射精欲はみるみるうちに高まっていった。

「水紀、気持ちいいぞ。もう出そうだ」

「はいっ♡　射精してくださいっ♡　たくさん精液出してくださいっ♡」

「水紀も一緒にイけ。いいな、お兄ちゃんと一緒にイクぞ！」

「はいっ♡　あっ♡　あっ♡　あっ♡　お兄ちゃん、もうイクっ♡　私もうイきますっ♡♡」

「よし、イけ！」

俺自身も水紀のクリトリスをこするように、ごしごしと激しく肉棒を上下に動かす。

すると。

「ああああ！♡♡　イっくうううううう！♡♡♡」

水紀の口から絶頂を告げる嬌声があふれ出た。

ひしと俺の身体にしがみついてきた水紀は、強烈な快感の波にあらがうためか、俺の首筋に歯をたてて強く噛みついてくる。背中にも爪をたてたらしく、皮膚をえぐられる鋭い痛みが身体の後ろから伝わってきた。

その痛みがきっかけとなり、俺も風呂の中で盛大に射精する。

綺麗な夜景を眺めながら、妹マ×コにこすられての絶頂は気持ちいいの一語に尽きた。この後、風呂の中から精液をすくい上げる作業が待っていることも苦にならないほどだ。

俺はザーメンを吐き出す快感に身体を震わせながら、水紀の背を撫でて軽く耳たぶをかじった。少し強めにかじったのは、首を噛まれたり背中に爪をたてられたりしたことへのちょっとした意趣返しである。

すると、俺に抱きついたままだった水紀の身体が痙攣するようにびくびくびくう！　と大きく震えた。腕の中の美少女が追いアクメを決めたことを悟った俺は、そっと唇の端を吊りあげる。

その後、俺は水紀の耳元で「可愛いぞ」とささやきながら相手の髪を優しく撫で続けた。

幕間 九条水紀②

「あああ……私、なんてことを……っ」

夜遅く春日に送られて自宅に戻った水紀は、自室のベッドの上で身もだえしていた。

水紀の脳裏に浮かんでいるのは言うまでもなくラブホテルでの自分の痴態である。

春日とセックスすること自体は覚悟していたが、自分があそこまで乱れてしまうとは想像だにしていなかった。

最後などは自分からキスを求め、舌を絡め、性器と性器をこすりあわせて絶頂に達してしまったのである。こうして思い返してみても、とうてい自分がしたことは思えない。

あれは本当に現実のことだったのか、ベッドで寝ている間に見た淫らな夢だったのではないかと水紀は自問する。

現実逃避にも似たその問いに答えたのは、下半身から響いてくる鈍痛だった。

「い、たぁ……」

焼けた鉄のように熱く太いペニスで処女膜を破られた痛みは、こうして自宅に戻ってもまだ消えていない。処女を失った直後の身体を引き裂かれるような激痛こそないものの、水紀の膣はじんじんと痺れて断続的に鈍痛を生み出していた。

この痛みが先刻のことが夢ではなかったことの何よりの証拠である。

水紀は不意にくしゃりと表情を歪めると、両手で顔を覆った。

「……私、本当にセックスしちゃったんだ……」

涙に濡れた声でつぶやく。

春日とふたりでホテルに行くと決めたときから覚悟はしていた。だが、覚悟したからといって何も感じないわけではない。

ホテルにいる間はずっと春日と一緒だったのでそれどころではなかったし、雰囲気に流されてしまった面もあった。

だが、こうして家に帰り、一人になってみると、自分の身に何が起きたかをいやおうなしに認識してしまう。

「……う……うぅ……」

水紀の口から自然と嗚咽がこぼれた。

これから自分はどうなってしまうのかという不安。自分がどうなるにせよ、昨日までの自分に戻ることは絶対にできないのだという絶望。初めてセックスを経験した驚き。処女を奪われた痛み。異性と舌を絡め合わせた快感。兄以外の人間を「お兄ちゃん」と呼んでしまった罪悪感。

今日一日で経験した様々な感情が水紀の中でめちゃくちゃに混ざり合い、勝手に涙があふれてくる。

それからしばらく、水紀は家族に気づかれないように声を押し殺して泣き続けた。

それでも涙はなかなか止まらず、春日とのセックスで体力を消耗していた水紀は泣き疲れてそのまま寝入ってしまう。

水紀が目を覚ましたのは翌朝四時を少しまわった頃であった。

「――っ！」

目を覚ますや、水紀は反射的にベッドから跳ね起きると時計を確認した。

そして、時計の針が五時を過ぎていないことを確認して、ほっと安堵の息を吐く。春日との約束の時間に寝過ごしたらどんな目に遭わされるかわからない――寝起きの頭でそこまで考えたとき、不意に水紀の股間にずきりと痛みが走る。

「痛――って、あ、そうか……私、昨日あの人と……」

股の痛みで先夜のことを思い出した水紀は、泣きそうな顔でうつむく。

しばらく水紀は凍りついたように動かなかったが、ややあってのそのそとベッドから下りると、そのまま部屋を出た。冷たい水で顔を洗って頭をすっきりさせたかったのである。

それに、このままぼうっとしていると春日とのランニングに遅れてしまうという切実な理由もあった。

そうして用意を整えた水紀は、ときおり下半身から響いてくる痛みに耐えつつ森林公園に向かう。

いつもより時間をかけて公園の入口にやってきた水紀を出迎えたのは、目を見開いて驚きの表情を浮かべる春日だった。

「水紀？　今日は来なくていいと言ったのにわざわざ来たのか？」

「……え？」

「なんだ、おぼえてないのか？　昨日の帰り道に言っただろう。明日のランニングは来なくていいって」

それを聞いた水紀は思わず眉根を寄せる。そんなことを言われたおぼえはなかったのだ。

だが、あらためて振り返ってみると、ホテルからの帰り道に春日に話しかけられた記憶はあった。ホテルでのあれこれの影響で半ば放心していたため、話の内容はほとんどおぼえていなかったが、どうやらその時にランニングの中止を伝えられていたらしい。

苦労してここまで歩いてきた水紀は、脱力のあまりその場で膝をついてしまう。

それを見た春日はおおよその事情を察したのか、水紀の近くまで歩み寄ると「大丈夫か？」と尋ねながら水紀の身体を軽々と抱え上げた。お姫様だっこである。

「わぁ!?」

驚いた水紀があたふたとしている間に、春日は公園の入口近くに置かれていたベンチに移動して、そこに水紀を座らせる。

そして申し訳なさそうに言った。

「悪かったな。もう少しちゃんと伝えておくべきだった」

「い、いえ。きちんと聞いていなかった私のせいですので、気になさらないでくださいっ」

直前のお姫様だっこの影響さめやらぬ水紀は、あわててピシッと背筋を正しながら春日に応じる。

そして、我知らず早口になりながら春日に問いかけた。

「あの、今日のランニングが中止なら、あなた——か、春日先輩はどうしてここにいらっしゃるんですか!?」

「それはまあ、女の子である水紀は初体験でいろいろ大変だっただろうけど、男の俺は気持ちいいだけだったからな。休む必要がないだけだ」

春日はなんでもないことのように言うと、自分もベンチに腰かけた。

そして、気づかわしげに水紀を見て言葉を続ける。

「体調はどうだ？　立っていられなくなるくらい辛いなら俺が家まで背負っていくけど」

「そ、そこまでしてもらわなくても大丈夫です！　さっき膝をついてしまったのは、ちょっと力が抜けてしまっただけで、ここまで歩いてくる分には問題ありませんでしたからっ」

水紀はあわてて言う。

問題ない、という言葉には若干の嘘が含まれていたが、背負ってもらうほど痛みがひどいわけではない。その気持ちが通じたのか、春日は心なしかほっとしたようにうなずいた。

「わかった。けど、体調が悪くなったら言ってくれよ。水紀は俺のオンナなんだから遠慮する必要はないぞ」

「そ、れは……」

俺のオンナ、という言葉を聞いた瞬間、水紀の肩がびくりと震える。

次の瞬間、春日の手が水紀の肩にまわされた。ぐっと身体を抱き寄せられたと思ったら、春日の顔が視界いっぱいに広がり――

「んぶ!?」

水紀は春日に唇を奪われていた。

とっさに水紀は春日から離れようとしたが、肩に手をまわされているので身動きできない。それに、ちゅ、ちゅ、ちゅ、と音を立てて唇を吸われていると、自然と身体から力が抜けてしまう。

気がつけば、水紀は春日とのキスを受けいれていた。早朝の公園で人目もはばからずに男子とキスをしている自分に、水紀は信じられない思いを抱く。

一週間前の自分なら絶対にありえなかったことだ。強引に唇を塞がれたなら、相手の頬をひっぱたいて大声で助けを呼んだだろう。

それなのに、今の自分は舌さえ絡めながら春日とキスをしていて、しかもそれを嫌だと感じていない。嫌がるどころか、春日のざらざらとした舌の感触を自分の舌で感じる都度、ぞくぞくとした快感が背筋を駆けあがり、自然と甘い声が漏れてしまう。

水紀は自身の変化に戸惑いながら、春日の気が済むまでキスをし続けた。

「——ただいま」

森林公園から戻った水紀が玄関のドアを開けると、ちょうど兄が二階から降りてきたところだった。

兄は目を覚ましたばかりらしく、眠そうに目を瞬かせながら声をかけてくる。

「おかえり、水紀。毎朝のランニング、ホントご苦労さまだよ。俺にはとうてい真似できないな」

「慣れてしまえばどうということはありませんよ。それに、今日はランニングというより公園を散歩しただけですから」

そう言いながら、水紀はなるべくゆっくりと靴を脱ぐ。

ほんの何分か前、水紀は春日とお別れのキスをした。紅潮した顔を兄に見せたくなかったのである。

「顔を洗うんですよね？　洗面所、お先にどうぞ」

「ああ、ありがとう。でも、水紀が先に使っていいんだぞ。そんなところで立っていると風邪を引いちゃうだろ」

「平気ですよ。今も言ったとおり、今日は涼しい公園の中を軽く歩いただけなので、汗はあまり掻いていません」

　そう言って兄を洗面所に誘導した水紀は、ぽーっとした表情のままキッチンに入ると、冷蔵庫からミネラルウォーターを取り出した。

　コップに注いだミネラルウォーターをコクコクと飲んでいると、顔を洗い終えた兄がまた姿を見せる。

　と、水分を補給している水紀を見た兄が、不意にこんなことを言ってきた。

「そういえば水紀。このところ調子が悪そうだったけど、今朝はだいぶ調子良さそうだな」

　それを聞いた水紀はほんの一瞬だけ眉根を寄せる。

　だが、兄がそれと気づくより早く眉間のしわは取り除かれ、水紀は兄に向けて落ち着いた声を発した。

「……気づいていたんですか？」

「それはまあ、俺はお前の兄貴だしな。とはいえ、いくら兄といっても年頃の妹にあれこれ干渉するのはウザがられると思って、少し様子を見てたんだ」

「そうでしたか。気づかってくれてありがとうございます。私についてはもう心配いりません」

水紀はぺこりと頭をさげて兄に感謝の意を示す。

それを見た兄は、軽くうなずいて言った。

「どういたしまして――これで、残る問題は花恋とのことだけだな」

ばつが悪そうに頭をかく兄を見て、水紀は不思議に思って問いかける。

「花恋さんと何かあったんですか？」

「んー、まあちょっと喧嘩？　みたいな感じになってるんだ」

「めずらしいですね。花恋さんと喧嘩なんて」

水紀が言外に理由を問うと、兄は渋面になって言葉を続ける。

「水紀も知ってると思うけど、月曜日はサッカー部が休みだろ？　で、花恋をデートに誘ったんだけど断られてな。先週もそうだったから二週連続だ。先週はおばさんとの約束でこっちの誘いを断ったから、てっきり今週は俺との約束を入れてくれてるものと思ってたのに、今度はおじさんと食事するって理由で断られた」

水紀がふむふむとうなずくと、兄がため息を吐いた。

「だからまあ、今週は恋人との付き合いを優先してくれてもいいじゃないかって言ったんだ。半分冗談のつもりだったんだけど、花恋には口調がきつく感じられたのかな。むっとした顔で『先に約束していたならともかく、そうじゃないのに家族との時間にまで口を出してほしくない』って言い返されて。それ以来、少しぎくしゃくしてるんだ」

「なるほど」

水紀は今の話を頭の中で整理すると、一つだけ兄に質問を向けた。

「確認しますが、先週花恋さんに誘いを断られたときに、今週の約束をしたわけではないのですね？　『俺との約束を入れてくれてるものとばかり思ってた』と言ってましたが、具体的な約束は交わしていないという理解でいいですか？」

「あ、ああ」

兄はうなずく。一瞬返答に詰まったのは、誘いを断られたことを口実にマネージャー室で恋人にパイズリを迫ったことを思い出したからなのだが、もちろんそのことは口にしなかった。

ただ、すでにパイズリ動画の存在を知っていた水紀は、言いよどむ兄の姿を見て、なんとなくそのときの状況を察する。

となれば、兄に返す答えは一つしかなかった。

「花恋さんが機嫌を損ねるのも無理はないと思います」

「やっぱそうだよなあ……なあ水紀から、ちょっと花恋にフォローをいれてくれないか？」

拝むように水紀に手を合わせる兄。

水紀は小さくため息を吐いた。

「……わかりました。花恋さんには私の方から話をしておきます」

「助かる！」

「あくまで話をするだけですからね。花恋さんの機嫌が直るとは確約できませんよ？」

「それでも助かる！　ありがとうな、水紀！」

そう言うと兄は晴れ晴れとした表情でキッチンから出て行こうとする。

その背に向けて、水紀は何気ない調子で言葉を付け足した。

「それと、今日は友人との用事で帰りが遅くなりますので、お夕飯はそれぞれで食べるということでお願いします」

九条家は両親の帰りが遅く、夕飯は兄妹のどちらかが用意することが多い。そして、水紀はその当番のほとんどを自主的に引き受けていた。

これを聞いた兄は気にする風もなく了承の返事を寄こす。

「ああ、わかった。だいぶ日も長くなったとはいえ、帰り道は気をつけてな」

兄がひらひらと手を振りながら廊下に出て行くのを見送った水紀は、思わずというう感じでため息を吐いた。

恋人とのことで妹に手助けを頼んできたにもかかわらず、妹が遅くなると言っても気にかけてくれない兄。いや、帰り道は気をつけて、と言ってくれたのだからまったく気にかけていないわけではないだろう。

ただ、花恋に向ける気持ちと比べれば、その違いは一目瞭然だった。

これまでは仕方ないことだと思って気にしないようにしていた。だが――

『これからは頼りない兄貴に代わって俺がお前を守ってやる。新しい兄貴としてな』

あの夜の春日の言葉を思い出した水紀は、そっと自分の指を唇に這わせた。

そこには先刻、公園で春日と交わしたキスの感触がはっきり残っている。

自分の中で「兄」への感情が少しずつ変化していることを、水紀ははっきりと感じ取っていた。

幕間　佐倉花恋④

その日、花恋は部活が終わった後で九条の家を訪れていた。

先日「月曜日の約束」をめぐって言い争いをして以来、ふたりの仲は少しぎくしゃくしている。その修復をはかるために九条が花恋を招いたのだ——少なくとも花恋はそう思っていた。

九条の妹である水紀から口添えがあったこともあり、花恋は恋人の誘いに応じた。花恋としても九条との仲がこじれることを望んでいるわけではない。

九条が「この前はごめん」と一言いってくれれば、花恋も「私こそごめんなさい」と言って終わらせるつもりだったのである。

だが、花恋を自分の部屋に招いた九条の口から謝罪の言葉が出ることはなかった。先刻からどうでもいいような話題を口にしては、わざとらしく笑い声をあげている。

はじめ花恋は戸惑ったが、ほどなくして恋人の真意を悟る。

九条は自分から謝るつもりはない。かといって花恋に謝らせようとしているわけでもない。先日の言い合いをなあなあで済ませるつもりなのだ。

――九条と付き合ってから今日までの三年間、花恋は恋人と喧嘩らしい喧嘩をしたことがなかった。必然的に仲直りをした経験もなく、こんな九条の態度を目にするのは初めてのことである。

このとき、花恋は恋人に対して小さく、けれどはっきりと失望をおぼえた。

九条はこれから先も喧嘩するたびに妹の口から「兄さんも反省しているようです」と伝えさせるつもりなのだろうか。そう思えば自然と九条を見る目も変わってくる。

「――それでさ、栗原が思いきりシュートを空振りして、その場でこけちゃったんだよ。あんまりにも見事な空振りだったからみんな大笑いしたんだけど、当人はスルーしただけだってかたくなに言い張ってて、あれは笑えたなあ！」

今日の部活の一幕を語りながら、あははと笑う九条。

花恋は愛想笑いを浮かべる気にもなれず、適当にあいづちを打った後で話題を変えた。

「そういえば、水紀ちゃんはまだ帰ってないの？」

「水紀なら、今日は友達と用事があるんで遅くなるって言ってたよ」

それを聞いた花恋は反射的に表情を曇らせる。水紀の言う「友達」はまず間違いなく春日のことだと思ったからである。

今日の朝、花恋は春日に呼ばれなかった。水紀の帰りが遅くなるというのなら、夜に呼ばれることもないだろう。

春日のセフレになってから朝も夜も呼ばれなかったことは一度もない。春日が本格的に水紀を気に入ったのなら、明日以降もずっとこうなる可能性がある。その不安が花恋の顔を曇らせていた。

自分の代わりに春日に抱かれる水紀を心配しているのか、自分が春日に抱いてもらえなくなることを心配しているのか、あるいはその両方なのか。

花恋自身も自分の心がつかめないでいると、不意に九条が肩に手をまわしてきた。そして、花恋の耳元でささやくように言う。

「両親は今日も遅いんだ。今言ったとおり水紀もいない。だから、花恋……」

妹は出かけており、両親の帰りも遅い。九条としては溜まっていたものを解消する絶好の機会だと思ったのだろう。

というより、最初からその気だったに違いない。恋人と仲直りをするだけであれば、学校でも部室でもいい。学校からの帰りにカラオケなり喫茶店なりに寄って話をしてもよかった。

そういった場所を選ばず、あえて家族がいない自宅に花恋を招いたのは、はじめから九条にそういう意図があったからだ。

そのことを察した花恋は、反射的に肩にまわされた九条の腕を振りほどいていた。

「やめて！」

大声をあげて九条と距離をとった花恋は、唖然としている恋人をキッと睨むと冷たい声音で言った。

「もう帰るね。見送りはしなくていいから」

そう言い捨てて逃げるように九条の部屋を出る。後ろの方で花恋の名前を呼ぶ声がしたが、振り向くことも立ち止まることもしなかった。

そのまま九条の家を出た花恋は足早に帰路につく。様々な感情が胸裏に飛来し、気づけば強く唇を噛んでいた。

――このとき、九条が花恋の後を追いかけていれば、この後の展開はまた違ったものになっていたかもしれない。

だが、強い口調で拒絶された九条は花恋の後を追うことができず、花恋もまた今さら九条のもとに戻りたいとは思わなかった。

結果、花恋は誰に呼び止められることもなく自宅に帰り着く。ドアを開け、キッチンにいた母親に挨拶をしてから二階に上がった花恋は、自室の窓を開けて外を――真向かいにある春日の部屋を見た。

部屋の明かりはついておらず、カーテンは閉められている。耳を澄ませても物音は聞こえてこない。

先ほど春日の家の前を通った際、リビングの明かりはついていた。おそらく春日は水紀と一緒にそちらにいるのだろう。

花恋はきゅっと目をつむると、何かを振り切るように窓を閉じて一階に戻った。そして、母親が用意してくれていた風呂に入り、痛いくらい熱いお湯で全身の汚れを洗い流す。

その後、風呂からあがって夕食を食べた花恋は、夜の八時前にもかかわらず早々にベッドにもぐりこみ、きつく目をつむる。
今日はもう何も考えたくなかった。

第七話　幼馴染と生でセックスしてみた

ぴちゃり、ぴちゃり、ぴちゃりとリビングに粘着質な水音が響く。

そして、その水音に合わせるように甘くとろけた女の子の声が俺の耳朶を震わせた。

「あ♡　あ♡　あくぅ♡　あひぃ♡　せ、先輩♡　そこ、そこぉ♡」

リビングのソファに座って大きく脚を開いた水紀が、あられもない声をあげて盛んに首を振っている。

水紀の股間に顔を埋めてクンニにいそしんでいた俺は、相手の声音に絶頂の気配を感じ取り、ここを先途とばかりに膣をほじる舌の動きを速めた。

すると——

「ああ♡　だめ♡　そこだめ♡　んっ♡　くぅっ♡　あ、あ、あ――あっはあああ！♡♡」

水紀は両手で俺の頭をつかみながら、甲高い嬌声をあげて全身を震わせる。

膣から勢いよく潮が吹き出し、びしゃびしゃと俺の顔めがけて降りかかる。俺は大きく口を開けて割れ目にむしゃぶりつくと、ずぞぞぞぞ！　と音を立てて水紀の体液を吸い上げた。

絶頂の最中に思いきり膣を吸われた水紀は、びっくんと腰を跳ね上げて再び喜悦の声をあげる。

「あひいいいいい！♡♡♡」

つい昨日まで処女だったとは思えないとろけきった声を響かせながら、水紀は短時間で二度目のアクメを決める。

その身体は痙攣するようにビクビクと断続的に震えており、割れ目からは吸えども吸えども愛液があふれ出してくる。股間から顔をあげて水紀を見上げてみれば、一つ年下の後輩は唇の端からよだれを垂らしながら満面を朱に染めていた。

クンニを始める前にたっぷりディープキスをしていたこともあり、上の口も下の口も火照りきっている。セックスの準備は万全だ――と言いたいところであるが、水紀の処女を奪ったのはつい昨日の話で、破瓜の痛みはまだ残っているだろう。実際、朝は走ることもつらそうだったし、学校帰りに俺の家に来るときも歩きづらそうにしていた。

ただでさえ、ホテルでは欲望のおもむくままに乱暴に処女を奪っているのだ。ここで無理してセックスすることで、水紀の中に「セックスとは痛いものである」というイメージを植えつけるのはよろしくない。

というわけで、今日はセックス無しで水紀を甘やかす日と決めていた。

俺は荒い息を吐いている水紀の隣に座ると、相手の身体をぐっと抱き寄せて強引に唇を奪う。そのまま口内に舌を挿し込んで相手の舌をねぶっていると、ほどなくして水紀も俺の舌に応じはじめた。

「ん……む……あ♡　ちゅ、ちゅ♡　ちゅく♡　ちゅるる♡　ぷあ……ああ、お兄ちゃん♡　ちゅ♡　ちゅ♡」

ときおり息継ぎのために唇を離すと、水紀はとろんとした目で俺をお兄ちゃんと呼びながら頻にキスしてくる。

ラブホテルで「これからは俺のことをお兄ちゃんと呼べ」と言ったのは俺であるが、水紀が自分からその言葉を口にするとは意外だった。

快楽に流されているだけなのか、それとも俺が思っている以上に堕ちつつあるのか。

どちらにせよ、水紀の中で俺という男の存在が大きくなっていることは間違いない。

これから先、今以上に大切に扱いながらセックスの快楽を刻み込んでいけば、いずれ水紀を完全に堕とすこともできるはずだ。

俺はそんなことを考えながら、水紀と唇を重ね続けた。

その夜、俺は一人でベッドに寝転びながら悶々としていた。

時刻は夜の十一時をまわっており、当然ながら水紀はとっくに帰宅している。

九条家までは俺が送り届けたのだが、キスとクンニでさんざんイかせた影響か、帰り道の水紀は終始ぽーっとして心ここにあらずという感じだった。

ともすれば足元をふらつかせる姿が危なっかしかったので、九条家につくまでずっと水紀の手を握っていたのは親切心ゆえである。

人目のない部屋の中ならともかく、いつ誰に見られるかわからない外でのスキンシップは抵抗されるかと思ったが、水紀は一度も俺の手を拒まなかった。手だけではなく、九条家の前で別れのキスをしたときも大人しくしていた。

九条水紀は確実に堕ちつつある。そのことを確信した俺は、家に帰るまでずっとにやけっぱなしだった。

——それはよかったのだが、おかげで帰ってきてから股間の息子が立ちっぱなしで困っている。

今日は水紀を甘やかす日と決めていたので、セックスはもちろんのこと、水紀の負担になるフェラや手コキも要求しなかった。おかげで俺の性欲は爆発寸前。

一月前であれば、エロ漫画やAVをおかずにオナニーで性欲を発散させていただろうが、花恋や水紀とセックスできるようになった今、オナニーで精液を吐き出すのは味気ないし、何よりももったいない。無駄打ち、だめ、ぜったい。

とはいえ、今から花恋を呼ぼうにも、すでにうちの両親は帰宅しているし、おそらく花恋の両親も帰宅しているはず。これからセックスするのは難しい。それに、俺はつい昨日まで毎日のように花恋を責め立てていたので、たまには幼馴染を休ませないとまずいという判断もはたらいていた。

仕方ない、久しぶりに秘蔵のコレクションを取り出すか。そう思ってベッドの下に手を伸ばそうとしたとき、不意にスマホが鳴った。

「ん？　こんな時間に誰だ？」

眉根を寄せてスマホを見ると、そこには佐倉花恋の名が表示されていた。

首をかしげつつ通話ボタンを押すと、何やら緊張した声がスマホの向こうから聞こえてくる。

『あ、あの、夜分おそくにごめんなさい。今、お話をしても大丈夫でしょうか……？』

「ああ、大丈夫だ。何かあったのか？」

相手の様子から、また水紀のときのように俺たちの関係が第三者に漏れたのかと思って問いかける。

しかし、その心配は杞憂だった。花恋は即座に俺の心配を否定した後、言いにくそうにもごもごと言葉を続ける。

『いえ、特に何かがあったというわけではないんですけど……今日は八時前に寝てしまって、そのせいで今さっき目が覚めちゃったんです。そうしたら春日くんの部屋の明かりがついていたので、お話がしたくなって……そ、その、水紀ちゃんとはどうなっていますか？』

「水紀？　今のところ順調だぞ。昨日はホテルで俺のオンナになることも約束させたしな」

『お、おんな……？　あの、それってどういう……？』

「言葉どおり、水紀の身体も心も俺専用って意味だ」

そう言ってけらけらと笑うと、花恋は絶句して押し黙る。

ややあって再び花恋が口を開いたとき、その声は消え入りそうなほどか細いものになっていた。

『……………水紀ちゃんがいれば、私はもういりませんか？』

独り言のように力ない問いかけだった。淡雪のように宙に溶けて消えてしまいそうな問いに対し、俺は特に考えることなくあっさりと応じる。

「そんなわけないだろうが。俺が欲しいのは水紀よりお前だぞ」

断言すると、スマホの向こうから驚いたような声が聞こえてきた。

『え!?　で、でも……』

「でも、なんだ？」

『私より水紀ちゃんの方が可愛いですし……』

「見解の相違だな。俺にとっては水紀よりお前の方が可愛い」

『ス、スタイルだって水紀ちゃんの方がずっと上で……っ』

「それもお前が上だ。少なくとも俺にとってはな」

『きょ、今日、朝も放課後も呼んでくれなかったのは……？』

「これまで毎日のように相手をさせてきたからな。たまには休みが必要だろうと考えただけだ」

続けざまの質問に一つ一つ答えた後、俺は呆れたように言った。

「というか、この前俺が水紀に言った言葉を聞いてなかったのか？　花恋、お前は俺のオンナだ。他の誰とも引き換えにするつもりはない」

『〜〜〜っ』

花恋が声ならぬ声をあげて、スマホの向こうでもだえているのが伝わってくる。どうやら今日一日水紀の相手ばかりしていたせいで、俺が水紀に乗り換えたとでも思ったらしい。

そうと悟った俺はニヤリと人の悪い笑みを浮かべる。

俺に弱みを握られて仕方なくセフレになった花恋にとって、俺の関心が他の女に移ることは喜ばしいことのはずだ。

今回の場合、関心が移った相手が恋人の妹だから、諸手をあげて喜ぶことはできないにせよ、言動のどこかに安堵がにじみ出るのが自然であろう。

だが、今の花恋からは喜びも安堵も感じられない。代わりに感じられるのは恐れであり不安である。花恋は俺の関心が自分から失われることを恐れている。

そうでなければ、わざわざ向こうから電話をかけてきたりしないだろう。この時刻に俺と話をすれば、以前のように窓越しにオナニーさせられる可能性が高い。花恋はそれを覚悟の上で——いや、それを期待して電話をかけてきたのだ。そうすることで、少しでも俺の関心を引き戻そうとしたのだろう。当人がどこまで自覚しているのかは不明だが。

俺はもう一度ニヤリと笑う。今の花恋なら大抵の要求は呑むに違いない。その確信に突き動かされて、俺はスマホ越しに花恋の名を呼んだ。

「花恋」

『は、はいっ』

「俺は水紀よりもお前が欲しい。今すぐお前を抱きたい。これから部屋に行っていいか？」

唐突な要求。

前述したとおり、すでに互いの両親が帰宅している時刻である。俺が花恋の部屋に行くことも、そこでセックスすることも親バレの危険がつきまとう。
そのことは花恋も承知しているだろう。
それでも、花恋が返してきた答えは俺の要求を了承するものであった。

◆◆◆

一時間後、俺は花恋の部屋に立っていた。

あれから一時間も経過しているのは、互いの親が寝入るのを待っていたからである。俺の両親は仕事で朝が早いので十二時前には寝てしまうし、花恋の両親も夜更かしするタイプではない。

親が寝入ったのを確認した俺は足音を忍ばせて家を出て、春日家と佐倉家の敷地をへだてる生垣の隙間を通って隣家の敷地に侵入した。

この生垣の隙間は、俺と花恋が子供の頃に「秘密通路」と名付けて互いの家の行き来によく利用していた場所である。

その後は花恋の誘導に従って勝手口から佐倉家に上がり込み、ここでも足音を忍ばせて二階の花恋の部屋に入り込んだわけだ。

　やっていることはまんま夜這いである。

　花恋の部屋に入ったのは小学校の時以来だが、今は懐かしさよりも欲望が優る。

　俺はネイビーカラーのシルクパジャマを着た花恋の身体を抱きしめると、そのまま物も言わずに唇を奪った。

「んぶぅ!?」

　花恋は思わずという感じでくぐもった声をあげるが、すぐに落ち着きを取り戻したようで、おずおずと俺の背中に手をまわして俺のキスを受けとめた。

「ん♡　ちゅ♡　ちゅ♡　ちゅううう♡♡　ちゅぷ♡　れろ♡　れろ♡　ちゅる♡　じゅるる♡」

　唇を重ね、舌を絡め、唾液を飲ませ合い、互いの快感を高めていく。

　途中、ふと思い立って花恋のパジャマに手を突っ込んで直接股間をまさぐると、幼馴染のおマ×コは早くも熱く火照っていた。くわえて、愛液でべっちょりと濡れたショーツの感触が伝わってくる。

　そのままくちゅくちゅと音を立てて割れ目を撫でていると、花恋も俺の股間に手を伸ばしてきた。

スウェットの中に手を入れ、バキバキに硬くなったペニスに指を絡めて手コキを始める。

「ちゅっ♡　ちゅっ♡　ああ、春日くんの、すごく熱いっ♡　それに、とっても硬いですっ♡」

「俺の何が硬くて熱いんだ？」

暗に幼馴染に性器の名前を口にさせようとする俺。

これまでも何度か似たようなやり取りをしているので、花恋はすぐに俺の意図を察したようだった。頬を真っ赤にしながらささやくように言う。

「お、おチン×ンです。春日くんのおチン×ン、すごく熱くて、硬いです……っ」

「そうか。九条のと比べるとどちらが大きい？」

「そ、れは……っ」

恋人との比較を求めると、花恋は戸惑ったように口をつぐんだ。

これまで花恋に淫語を強制したことは何回かあったが、九条の名を出して比較させたことはない。九条のことを持ち出して花恋の反抗心を刺激してしまうことを避けたのである。

だが、俺の関心を失うことを恐れている今の花恋ならば、恋人との比較も悪手にはならないという確信があった。

俺はにやりと笑って再度花恋に問いかける。

「花恋、答えろ。俺と九条、どっちのチ×ポが大きいんだ？」

この問いに対し、花恋はごくりと唾を飲み込んでから、おそるおそる口を開く。

「…………それは、あの……か、春日くん、です」

「俺のチ×ポの方が九条より大きいんだな？」

「は、はいっ」

顔を真っ赤にしながらうなずく花恋。

幼馴染の口からはっきりと「九条のチ×ポは俺より小さい」と認めさせたことに、自分でも驚くほどの喜びが湧きあがってくる。

優越感を心地よく刺激された俺は、さらなる言葉を求めて花恋の耳たぶを甘噛みした。

「射精の回数はどうだ？　九条とセックスするとき、あいつは何回くらい射精する？」

「あぁっ♡　か、噛まないでくださいっ」

「質問に答えろ。あいつは花恋とセックスするとき何回くらい射精するんだ？」

　重ねて問いかけると、花恋は困ったように目をそらしつつ応じた。

「……い、一回か、二回です」

「花恋相手にたったそれだけ？　情けない奴だな。じゃあ花恋は九条とのセックスで何回くらいイクんだ？」

「それは……その……」

　力ない声で言葉を濁す花恋を見て、俺は幼馴染の股間をまさぐっていた手でクリトリスをきゅっとつまみあげた。

　途端、花恋の口からあられもない声があがる。

「あひぃ！♡♡」

「正直に言え」

「ぜ、全然イってないですっ」

「全然？」

「はいっ。九条くん、いつも自分が先にイって満足しちゃうから、だから私は全然イけないんですっ」

　花恋はこれまで誰にも話したことがないであろう恋人との情事を明かす。

それを聞いた俺は興奮よりも驚きを感じて目を見開く。

俺はこれまでふたりしか女の子を抱いたことはないが、それでも花恋が感じやすい身体をしていることはわかる。その花恋をイかせることができないとは、どれだけいいかげんなセックスをしてるんだ、九条の奴は。

無理やりセフレにされたはずの花恋が、俺の関心を失うことを恐れている理由の一つはこれだろう。

そうとわかれば。

「花恋」

「は、はい……んぶ!?」

花恋の名を呼んだ俺は、ぶちゅうっと幼馴染にキスして相手の口を塞ぐと、膣の中に中指をねじこんでGスポットを指の腹でゴシゴシとこすりあげた。

それだけで花恋は身体をビクビクと痙攣させながら軽くアクメを決める。

「んんんんっ♡♡」

くぐもった嬌声をあげながら、花恋はもう立っていられないとばかりにしがみついてきた。

俺は柔らかい幼馴染の身体を抱きしめると、そのままベッドに歩み寄って花恋を横たえる。

はぁはぁと荒い息を吐く花恋のパジャマを手早く脱がした俺は、ナイトブラとショーツも外して幼馴染を生まれたままの姿にした。しかる後、自らもスウェットを脱いで全裸になる。

普段であれば、ここでコンドームをつけるのだが、今の俺はその必要を認めなかった。

もとより今度の月曜日には生でヤるつもりだったのだ。予定が多少早まったところで問題はないだろう。それに、花恋は一週間前からピルを服用しているので避妊的な意味でも問題はないはず。

俺はベッド脇に腰を下ろすと、花恋の胸に手を伸ばした。そして、形よく盛り上がった乳房の先端でツンと突き立った乳首を指の腹でしごく。

「あっ♡　あっ♡　春日くん♡　そこ♡　そこぉ♡」

「花恋、気持ちいいか？」

「はい♡　はいっ♡　気持ちいいです♡　春日くんに可愛がってもらうの、気持ちいいですっ♡」

「九条に可愛がってもらうよりもか？」

またしても九条の名前を出してみる。

すると、花恋は潤んだ目で俺を見上げながら、甘えた声でうなずいた。

「はい♡♡　春日くんの方が気持ちいいです♡♡」

「そうか。花恋は恋人よりセフレに可愛がってもらう方が気持ちいいんだな」

俺はそう言うと、片手で乳首をいじりながら、もう一方の手で花恋の頬を撫でた。

「花恋」

「ん♡　く♡　な、なんですか……？」

「俺は昨日、ホテルで水紀の初めてをもらった」

兄に続いて妹の名前を出すと、花恋はびくりと身体を震わせてから、おそるおそる俺を見る。

俺は花恋の目を見返しながら言葉を続けた。

「処女をもらったってことだ。わかるな？」

「は、はい……」

「今日はこの部屋で花恋の初めてをもらう」

そう伝えると、花恋は戸惑ったように目を瞬かせた。それも当然で、花恋は九条に処女を捧げたのだ。時を戻す術がない限り、俺が花恋の処女を奪うことはできない。

だから、ここでいう「初めて」は処女のことではなかった。

「お前がまだ恋人に許していない初めてを俺にくれってことだ」

「それって……」

「これから花恋に中出しする。いいよな？」

生でヤることを伝えると、ここでようやく俺の言葉の意味を悟った花恋は顔を真っ赤にして目をそむける。

だが、その口から「いや」という拒絶の言葉は出てこなかった。

しばしの沈黙の末、花恋はそむけていた目を俺に向け直すと、こくりと首を縦に振る。

「……はい。春日くんの精液、私の中に出してください」

中出しを了承してくれた幼馴染の頰を撫でてやると、花恋はぎゅっと俺の手をつかんで、すりすりと甘えるように頰ずりしてきた。

と、ここで花恋は何かに気づいたようにおそるおそる口を開く。

「あ、でも、あんまり激しくすると、下にいるお父さんとお母さんに気づかれちゃうから、その……」

「わかってる。その辺は気をつけるさ」

それを聞いた花恋はほっとしたようにうなずくと、俺にすべてをゆだねるようにそっと目を閉じた。

俺はベッドの上に乗ると、目を閉じた花恋の足首をつかんで股を開かせる。そして亀頭を割れ目に押し当てると、花恋に声をかけた。

「花恋、挿れるぞ」

「はい、どうぞ――んくぅぅ♡♡」

ゆっくり腰を突き出すと、じゅぷん、と音を立ててペニスが膣内に飲み込まれる。

今日は水紀にかかりきりだったとはいえ、それ以前は毎日のようにセックスしていた仲だ。挿入はこれまでどおりスムーズだった。

ただ、これまでとは異なるものもある。ゴム無しで膣内にペニスを突っ込んだ瞬間、かつて感じたことのない感覚が稲妻のように俺の全身を駆け抜けた。

「ひぅぅ⁉」

自分でも間抜けだと思う声が口から飛び出たが、それでも俺はその声を止めることができなかった。

コンドーム抜きの膣内の感触がたまらなく気持ちよかったのである。それこそ男の俺が喘ぎ声をこらえることができないくらいに。

「う、く……な、なんだこれ？　ゴムがないだけでこんなに違うのか？」

熱く絡みついてくるヒダ肉の感触も、きゅうきゅうと肉棒を締めつけてくる膣の収縮も、何度も味わったことがあるものだ。

これまでのセックスとの違いと言えば、コンマ一ミリにも届かない薄いゴムがあるかないか、ただそれだけ。

ただそれだけの違いが、俺に天井知らずの快楽をもたらした。

そして、それは花恋も同じだったようで――

「～～～っ♡♡♡」

俺にぎゅうっとしがみつきながら、花恋は声をあげることもできずに快楽にもだえていた。

幼馴染の身体は痙攣するように小刻みに震え、肉棒を包みこんだヒダ肉がリズミカルに蠕動して精液を搾り取ろうとしてくる。まだ挿れたばかりだというのに、危うく達しそうになった俺は、ぐっと奥歯を噛みしめてほとばしる射精欲をぎりぎりで押しとどめた。

初めての生セックスで暴発同然に一人で達するなど、男としての沽券に関わる。俺は歯を食いしばりながら花恋の一番奥、子宮口めざしてペニスをねじこんでいった。そうしている間にも膣のヒダヒダが亀頭や竿に絡みつき、精液を求めてきゅうきゅうと締めつけてくる。

少しでも気を抜けばその瞬間に射精してしまう。俺は生の気持ちよさを堪能する前に、まず暴発しないことに意識を割かなければならなかった。

ややあって、亀頭の先端からぷにゅっと柔らかい感触が伝わってくる。なんとか暴発する前に子宮口にたどりつけたことに、思わず安堵の息をこぼす。

一つ息を吐いた俺は、おもむろに肉棒を引き抜きにかかった。幅広のカリがずりずりと膣肉をこすって、花恋の口からとろけるような甘い声があがる。

そうやってペニスを膣口近くまで引き抜いたら、今度は一転して膣奥めざして亀頭を突き入れていく。

いつものように激しく腰を叩きつけたら、喘ぎ声やベッドのきしみで花恋の両親に気づかれてしまうだろう。なのでゆっくり、じっくり、もどかしいほどにスローな抽送を繰り返していると、花恋の喘ぎ声が徐々に高くなりはじめた。

どうやら生セックスの快楽が自制心を上回りはじめたらしい。

実のところ、俺もすでに限界である。ガチガチに勃起したペニスはたまりにたまった快楽で半ば痺れており、いつ精液を吐き出してもおかしくない状態だ。むしろ、よくここまで我慢したと自分を褒めてやりたいくらいである。

「花恋、そろそろイクぞ」

ゴムを介さず丁寧にカリでヒダ肉をこすりあげながら、亀頭で子宮口をぐりぐりと突き上げて幼馴染を性の頂きに押し上げていく。

すると、花恋はひっきりなしに甘い声をあげながら、切なげに俺にしがみついてきた。

「ああっ♡　ああっ♡　すごい♡　すごいよぉ♡　知らない♡　こんなの知らないっ♡」

「花恋、気持ちいいぞ。お前のおマ×コは最高だ！」

「嬉しい♡　嬉しいです♡　春日くん♡　春日くぅん♡♡♡」

花恋は俺の名前を呼びながら自らも腰を動かし、ペニスをしごきたててくる。

俺も負けじと腰を突き出しながら、花恋の耳元でささやくように言った。

「花恋、出すぞ！　花恋の子宮に俺の精液を吐き出すぞ！」

「出してっ♡　出してくださいっ♡　春日くんの精液、私の子宮にいっぱい出してぇ！♡♡♡」

言うや、花恋はむしゃぶりつくように俺の唇に自分の唇を重ねてくる。

次の瞬間、俺たちは同時に絶頂に達した。

初めての中出しは凄まじい快感だった。脳天に雷が落ちたかのような衝撃が走り、全身に痺れるような快感が走り抜ける。

子宮口に押しつけたペニスの先端から、びゅくびゅくびゅくびゅくう！　とびっくりするくらいの勢いで精液が吐き出されていく。

五回、六回、七回と精液を吐き出してもまだ止まらない。まだおさまらない。

一回の絶頂での射精量は間違いなく過去最大に達しているだろう。

「んん！♡♡　んんんん！♡♡♡」

鈴口から精液が吐き出される都度、花恋は声にならない声をあげて身体を震わせる。精液を子宮に注ぎ込まれるたびに軽くイっているらしい。

結局、俺の射精が終わったのは精液を十二回吐き出した後であり、同じ回数のアクメを味わった花恋は、俺が射精を終えるや声もなく気を失ってしまった。

もしかしたら、射精している最中にとっくに気絶していたのかもしれない。そんなことを考えながら、俺はペニスを割れ目から引き抜いた。

「……っ♡♡」

ペニスが抜かれた瞬間、花恋の身体がまたしても大きく震える。

唇からよだれを垂らし、割れ目から精液を垂らしながら、ベッドの上でガニ股になって気を失っている花恋。

そんなあられもない幼馴染の姿を、俺はじっと見つめる。

俺にとっても花恋にとっても初めての中出しだ。できれば写真に撮って永久に保存しておきたいところだが、それをすれば「写真は撮らない」という花恋との約束を破ることになってしまう。

だから、俺は花恋の痴態を脳裏に焼き付けるべく、なめるように観察し続けた。

記録に残すのはダメでも、記憶に残すのならば問題ない。

「花恋をイかせることもできないお前には、一生見ることができない姿だぞ、九条」

この場にいない花恋の恋人をあざけった俺は、心地よい優越感にひたりながらくくっと喉を震わせた。

エピローグ

翌朝、花恋が目を覚ましたとき、春日はすでに目を覚ましていた。

自分が全裸で腕枕されていることに気づいた花恋は、顔を真っ赤にして目を伏せる。恋人である九条相手でさえ、こんな風に一緒のベッドで夜を明かしたことはなかった。

まるで愛しい恋人と一夜を明かしたかのように、花恋の胸は大きく高鳴っている。自分の中で何かが決定的に変わってしまったことを、花恋ははっきりと感じ取っていた。

と、ここで春日が穏やかな顔で口を開く。

「おはよう、花恋」

「お、おはようございますっ」

「身体の調子はどうだ？」

「大丈夫です、どこも痛くありませんっ」

声をうわずらせて応じる花恋。

それを聞いた春日はおもむろに花恋にキスしてきた。ちゅっちゅっと唇を吸いながら、たわわな乳房をぐにぐにと揉みほぐす。

このまま昨夜の続きを始めるつもりだろうか、と花恋が考えていると、不意に春日が花恋の耳元に口を寄せてささやきかけてきた。

「花恋」

「はいっ」

「今日から俺の――いや、俺だけのオンナになれ」

言われた瞬間、花恋はドキリとした。俺のオンナ、ではなく、俺だけのオンナ、という言い回しの意味に気づかないほど鈍くはない。

九条を捨てて自分を選べ、と春日は言っているのだ。

「それ、は……」

花恋は即答できなかった。

春日に惹かれていることは今さら隠しようもないが、だからといって九条を見限ったわけではない。三年間付き合った恋人との別れを簡単に決断できるものではなかった。

と、花恋の内心の葛藤に気づいたのか、春日はニヤリと笑ってこんなことを言ってきた。

「花恋が俺だけのオンナになるなら、例のパイズリ動画を元データごと削除するぞ」

「……え？」

「あれがなくなれば、俺はもう九条や水紀を脅迫することができなくなる。動画が流出してサッカー部や家族が迷惑をこうむることもない。花恋は皆を守ることができるんだ」

それは人間に禁断の知恵の実を食すようそそのかす蛇の誘惑だった。

本来、花恋が春日を選ぶことは恋人である九条への裏切りに他ならない。だが、春日はその裏切りに「動画の削除」という一事をつけくわえることで、花恋が抱える罪悪感を巧みに打ち消した。

自分は快楽に溺れて恋人を裏切るのではなく、恋人を守るためにやむをえず別れの道を選ぶのだ――そんな免罪符を花恋は得たのである。

それを理解した瞬間、花恋は心の中で九条への想いを支えていた何かがすっと抜き取られるのを感じた。

「あ……」

支えが抜き取られてしまえば、九条への想いは止める物もないままに転がり落ちていくばかり。残ったのは、今も優しく自分を抱きしめてくれる幼馴染のたくましい身体の感触だけだった。

そんな花恋の様子を見て、春日は再び口を開く。

「花恋、九条と別れて俺だけのオンナになれ。いいな?」

その言葉に抵抗するだけの気力も、理由も、今の花恋にはなくなっていた。

春日に腕枕されながら、花恋は小さくうなずく。

「……わかり、ました……春日くん」

「真だ」

「え?」

「これからは昔みたいに下の名前で呼んでくれ。同じ名前の恋人とは別れるんだからかまわないだろう?」

そう言うと、春日は痛いくらいの力で花恋を抱きしめ、ようやく自分のモノにした幼馴染の唇に自分の唇を重ねた。

しばらく花恋はされるがままになっていたが、ややあって春日に応えるように己の唇を突き出して、積極的にキスしはじめる。

「ん……♡　ちゅ♡　ちゅ♡　あむ♡　ちゅ♡　ちゅううう♡」

「ん、ちゅ——花恋、ほら、俺の名前を呼んでみろ」

「はい……ま、真くん」

緊張した面持ちで名前を呼ぶ花恋に、春日は微笑んで告げる。

「いい子だ。もう一回呼んで」

「真くん……」

「もう一回」

「真くんっ」

花恋がよどみなく自分の名前を口にするのを確認した春日は、よくできましたと言うように花恋の頭を撫でる。

春日の無骨な指が己の髪を撫でる都度、花恋は心地よさそうに目を細めた。

そんな花恋の耳元で春日はなおもささやきかける。

「花恋、もう絶対に離さないから覚悟しろ。お前は俺のモノだ」

それを聞いた花恋は感極まったように目に涙を浮かべ、自ら春日にしがみついていった。

「はい……はい！　私はあなたのモノです！　真くんのオンナです！」

「花恋っ」

「真くん！」

ふたりは互いの名前を呼び合いながら激しく唇を重ねる。

息をする間も惜しんで舌を絡め合うふたりの姿は、どこから見ても恋人同士のそれだった。

文庫版限定書き下ろし

幼馴染と九条妹を呼んで3Pしてみた

その日、部活を終えた俺は自分の部屋にふたりのセフレを呼び出した。

制服の上からでも大きな胸がわかるボブカットの幼馴染、佐倉花恋。

長い髪をポニーテールにしたスレンダーな後輩、九条水紀。

いずれも校内でそれと知られた美少女であり、そのふたりをセフレにした俺は今まさに我が世の春を謳歌していると言える。

当初は脅迫されてやむなく従っていたふたりも、今では自分の意思で俺に抱かれている。

すでに花恋とは生でセックスする関係であり、水紀の処女も先日いただいた。遠からず水紀とも生でセックスすることになるだろう。

そんなふたりを一緒に呼び出した理由は、もちろん3Pをするためだった。せっかくふたりの美少女をセフレにしたのだから三人で楽しみたい。これは健康的な男子として当然すぎるほど当然の欲求であろう。

「ふたりとも、制服を脱いで裸になれ」

俺がそう言うと、花恋と水紀はびくりと肩を震わせて俺を見た。その後、互いに相手を見やって恥ずかしそうに目を伏せる。

おそらく同時に部屋に呼ばれたとわかった時点で俺の目的は察していたと思うが、やはり俺以外の人間がいる場所で裸になるのは抵抗があるのだろう。

だが、今さら俺が3Pを中止するはずがないこともわかっていたようで、ややあって花恋が意を決したように自らの制服に手をかけた。

頬を紅潮させてブレザーを脱ぎ、首元のリボンを外し、ワイシャツのボタンを一つ一つ外していく花恋を見て、水紀もうつむきながら制服を脱ぎはじめる。

幼馴染はグラマー、後輩はスレンダーとタイプこそ異なれど、それぞれ容姿に優れてスタイルも良いセフレたちの生着替えを堪能しながら、俺は手早く自身の制服を脱ぎ捨てていく。

制服を脱ぎ終えた俺がトランクスを下ろした途端、勢いよくペニスが飛び出てきた。すでに勃起していた肉棒は、はや先端から先走り汁を垂らしながら天井を衝くように屹立している。

ヤる気満々のペニスを見て、花恋と水紀がごくりと生唾を飲むのがわかった。ほどなくして制服を脱ぎ終えた花恋たちは、そのままブラとショーツ、ついでにソックスも脱いで生まれたままの姿になる。

俺はそんなふたりを何も言わずに抱き寄せた。

「あ……♡」

「きゃ♡」

引っ張られた花恋と水紀はたたらを踏むように俺に倒れかかってくる。

ふたりの身体を胸で受けとめた俺は幼馴染の名を呼んだ。

「花恋」

「は、はい♡」

名を呼ばれた花恋は、心得たようにくいっとあごをあげて唇を突き出す。

打てば響くような相手の反応に満足しつつ、俺は花恋の瑞々しい唇に自分の唇を重ね合わせた。

「ん♡　ちゅ♡　ちゅ♡　ちゅううう♡♡　れろ♡　れろ♡　じゅる♡　じゅる

るる♡♡」

　ねっとりと唇を重ねた後に舌を絡め合い、最後は互いの唾液を飲ませ合ういつものキス。

　花恋の唇は柔らかく、唾液は甘く、絡みついてくる舌の動きは情熱的で心地よい。何度しても、いつまでしても飽きない極上のキスだが、今日の相手は花恋だけではない。

　花恋の背中をぽんと叩くと、それまで爪先立ちになって夢中で俺の唇を吸っていた花恋が名残惜しそうに顔を離した。

　俺はそんな花恋の頬に軽く口づけしてから水紀に向き直る。

「水紀」

「はい……♡」

　名前を呼ぶと、水紀は恥ずかしそうに、それでいてためらいなく唇を重ねてきた。

　俺と花恋のキスを間近で見せつけられて興奮していたらしく、頬は真っ赤で目も潤んでいる。

　いかにも発情してますといった様子のこの少女が、つい先日まで俺のことを親の仇を見るような目で睨んでいたと言って誰が信じるだろう。ひょっとしたら当人も信じないかもしれない。

そんなことを考えつつ、俺は花恋にそうしたように水紀の唇をじっくりと味わった。

同時に、左手の中指と薬指を予告なく花恋のおマ×コに挿し込む。

着替えの段階からすでに熱く潤っていた花恋の蜜壺は簡単に俺の指を迎え入れた。

「ひあああ!?」

突然のことに、花恋の口からくぐもった悲鳴が漏れる。だが、俺はかまわず指先をくいっと曲げて膣の上部分をぐりぐりとこすった。

「んぐううう♡♡」

花恋が切なげに悶えながら俺の胸に顔を押しつけてくる。

これまでさんざんクンニや手マンでイかせているので、花恋のGスポットの位置は把握している。俺は花恋の膣内を指でかきまわしながら、水紀のおマ×コにも指を侵入させた。

熱くとろけていた花恋の性器と異なり、水紀のそれはまだ硬さが感じられる。

痛いくらいに指を締めつけてくる膣の反応は、指という異物に対する拒絶反応だった。

だから、俺は水紀に対しては花恋ほど激しく指を動かさず、ゆっくりとヒダ肉を撫でさすって徐々に快感を高めていく。

並行して水紀の好きなベロチューで口内をかきまぜることも忘れない。こちらは指と違って激しくした。

「あむ♡　はむ♡　んちゅ♡　くちゅ♡　れろ♡　れろ♡　ちゅ♡　ちゅ♡　ちゅううう♡♡」

おマ×コに指を突っ込まれてのディープキスに対し、水紀はびくびくと身体を震わせながら喜悦の表情を浮かべる。

そのままセフレたちにキスと手マンを続けた結果、ほどなくしてふたりは絶頂に達した。

「ああ、イク♡　イク♡　真くんの指でイクううう♡♡」

「あっ♡　あっ♡　真先輩、私もイキます♡　あ、あ、ああああ♡♡」

はじめに花恋が、少し遅れて水紀が相次いでアクメを決め、左右の指がふたりの膣圧で強く締めつけられる。

ガクガクと膝を震わせながら喘ぐふたりの吐息は蜜のように甘く、ひしと俺にしがみつく身体は熱く火照っている。

形の異なる二つのおっぱいが胸板に当たってひしゃげており、それぞれの乳首がツンと突き立っているのがわかった。

女の子特有の柔らかい身体の感触と、髪の毛から立ちのぼる甘い匂いを嗅いでいると、自然と俺の呼吸も荒くなっていく。

俺はふたりをうながしてベッドに場所を移すと、まず自分が横になった。そして、その体勢で花恋にペニスを挿入するように命じる。騎乗位というやつだ。

次いで水紀に対しては俺の顔にまたがって股間を押しつけるように言う。

女の子ふたりを身体にまたがらせて両者の性を余すことなくむさぼる、というのが俺の狙いだった。

こちらの言葉を聞いた花恋は、絶頂後の余韻を漂わせながらふらふらと立ち上がり、俺の腰にまたがってきた。

それを見た水紀も顔を真っ赤にしながら膝を開こうとする。しかし、さすがに顔にまたがっておマ×コをさらすのは恥ずかしかったのか、中途半端に膝を開いた体勢で固まってしまった。

一方の花恋はまったく躊躇せずペニスを手にとって自身の割れ目に導くと、これまたためらいなく腰を下ろす。

どちゅん、という湿った水音と共に、俺のペニスは一瞬で花恋の膣内に飲み込まれた。

「はあああああ♡♡」

花恋の口から感極まった嬌声があがり、ヒダ肉が獲物を捕らえたイソギンチャクのようにペニスに絡みついてきた。

生でつながっているため、花恋のおマ×コの感触がダイレクトに伝わってくる。ぷにぷにとした膣壁は焼けるように熱く、絶え間なく愛液を分泌しながら強い力でペニスを締めつけてくる。

挿れているだけでイってしまいそうなくらい気持ちよかったが、花恋はさらに腰を振って俺の性器をしごきだした。

「ああ、真くんのおチン×ンすごい♡　すごいです♡　大きくて、硬くて、私のおマ×コ火傷しちゃいそう♡　やっぱり真くんのおチン×ンが一番気持ちいいです♡♡」

花恋は腰の動きだけでなく、言葉でも俺に媚びて興奮させてくる。

これまで花恋は水紀の兄である九条真としか付き合ったことがない。その花恋が俺の性器を一番だと褒めるということは「あなたのおチン×ンは九条くんより上です」と言うに等しい。

別れた元恋人を直接貶めることなく、それでいて俺が九条に対して優越感を得られるように言葉を選ぶ花恋は最高に良いオンナだ。

花恋はペニスの形に膨らんだ自らの下腹部をさすりつつ、大胆に腰をグラインドさせて俺を絶頂に導こうとする。

そんな花恋の姿に触発されたのか、それまで固まっていた水紀がここで再起動した。花恋ばかりに俺の相手をさせていられないと奮起したのだろう。

もしかしたら、このままでは自分を置いてきぼりにして俺と花恋が本気のセックスを始めてしまうと焦ったのかもしれないが。

「し、失礼しますっ」

言うや、水紀は顔を真っ赤にしながら俺の顔にまたがってくる。

陸上で鍛えられた細いふとももの付け根、わずかに盛り上がった恥丘にまっすぐ縦筋が走っているのが見て取れた。

処女と言っても通用しそうな綺麗な割れ目からはじんわり愛液がにじみ出てい

る。くんくんと鼻をかぐと、ほのかに汗と愛液と小水の臭いが入り混じった女の子の性臭がした。

たまらず目の前のおマ×コに顔を埋めた俺は、エサにありついた大型犬の勢いで水紀の股間を舐めたくる。皮を剝いてクリトリスをしゃぶり、陰唇を割って膣口や尿道を舌先でほじり、短い陰毛に鼻先をくすぐられながら水紀の性器を唾液まみれにしていく。

「あっ♡　くぅ♡　ひっ♡　ひっ♡　お兄ちゃんにあそこ舐められて——んああ♡♡　激しい♡　激しいです♡」

さっきまで「真先輩」だった水紀の呼びかけが「お兄ちゃん」になっている。これは「実の兄である九条真よりもあなたのことを慕っています」という水紀なりの媚びだった。

いつもは俺とふたりきりのときしかお兄ちゃん呼びはしないのだが、先ほどの花恋の言葉を聞いて思うところがあったのだろう。

その献身に応えるため、俺はさらに素早く舌をうごめかせてから膣内に舌を挿し込んだ。

そのまま膣の上の方を舌先でこすった途端、水紀の身体がびくんと大きく跳ねて甘くとろけた声が響きわたる。

「ひあああああ♡　そこだめ♡　だめです♡」

嬌声と共におマ×コから愛液があふれ、俺の口内を生暖かい感触が満たす。

喉を鳴らして水紀の体液を飲みほした俺は、もっと飲ませろとばかりに相手の性器を音高く吸い上げた。

じゅるるるる！　という卑わいな水音が鼓膜を揺らすと同時に、水紀の声がひときわ高くなる。

「んおおおおお♡♡　吸われてる♡　お兄ちゃんにおマ×コ吸われてる♡　ああ、恥ずかしい♡　恥ずかしいですぅ♡♡」

膣の中に挿入した舌を押し潰すようなヒダ肉の動きを見ても、水紀が間もなく達しようとしているのは明らかだった。

そう判断した俺は標的を花恋に変える。

俺が水紀にクンニしている間も、花恋は俺を射精に導くべくパンパンと腰を打ちつけている。俺は花恋が腰を下ろすタイミングを見計らって、思いきり自分の腰を突き上げた。

「ひぎいいいい♡♡」

予期せぬタイミングで俺が動いたことで、思いきり子宮を突き上げられる形となった花恋の口から絹を裂くような嬌声があがる。

花恋の身体の一番奥に到達した俺は、そのまま小刻みに腰を動かして子宮口をこねまわした。

「おっ♡　おっ♡　おっ♡　おっ♡」

どこか間の抜けた声が水紀の向こうから聞こえてくる。収縮する膣の力強さを見れば、花恋が強い快楽を感じていることは明白だった。

俺はなおも腰を動かして花恋を責め立てつつ、舌でヒダ肉をなめまわして水紀を追いつめていく。

ふたりの嬌声は淫らな二重唱となって俺の耳朶を揺さぶり、射精衝動を急激に高めていった。

しばし後。

「んおおおお♡　イク♡　イク♡　イっくううううう♡♡」

「あああああ♡　イきます♡　イきます♡　イきますううううう♡♡」

ふたりの口からアクメの嬌声がほとばしり、室内の空気を震わせる。

花恋のおマ×コが精液欲しさにペニスを強烈に締めつけ、同時に、水紀のおマ

×コからぴゅぴゅっとイキ潮が噴き出して俺の顔に降りかかった。

むせるような淫臭を胸いっぱいに吸い込みながら、俺はぐっと顔をあげて水紀のクリトリスにむしゃぶりつく。同時に、花恋の膣内に白濁した精液をほとばしらせた。

それぞれイった直後の状態で、子宮口に精液を浴びせられた花恋と、クリトリスを吸われた水紀がたまらず声を張り上げる。

『おっほおおおおおおお♡♡』

はからずも同時にオホ声を響かせながら、ふたりは相次いで追いアクメを決めた。

美少女ふたりの性をむさぼりながら射精する快感はすさまじく、精液の量も勢いもいつも以上だ。俺はなおも舌と腰を動かして花恋と水紀の性器を責め立てながら、今日は最低でもあと五回はふたりをイかせてやろう、などと思って唇の端を吊りあげた。

（了）

本作は『疎遠になっていた幼馴染（彼氏あり）をセフレにしてみた【佐倉花恋&九条水紀編】』（フランス書院eブックス）を再構成し、書き下ろし短編を追加し刊行した。

疎遠(そえん)になった幼馴染(おさななじみ)をセフレにしてみた【初恋(はつこい)リベンジ編(へん)】

著　者　水鏡（すいきょう）

発行所　株式会社フランス書院

東京都千代田区飯田橋３－３－１　〒102-0072

電話　03-5226-5744（営業）

　　　03-5226-5741（編集）

URL　https://www.france.jp

印刷　誠宏印刷

製本　ナショナル製本

ISBN978-4-8296-4735-6　C0193

フランス書院文庫X　偶数月10日頃発売

【完全増補版】無限獄　夢野乱月

「だめよ…私たちは姉弟よ…」緊縛され花芯を貫かれる女の悲鳴が響いた時、一匹の青獣が誕生した。悪魔の供物に捧げられる義姉、義母、女教師。

美臀三姉妹と青狼　麻実克人

「義姉さん、弟にヤラれるってどんな気分？」臀丘を摑み悠々と腰を遣う直也。兄嫁を肛悦の虜にした邪眼は新たな獲物へ…終わらない調教の螺旋。

【完全版】奴隷新法　御堂　乱

20××年、特別少子対策法成立。生殖のため、女性は性交を命じられる。孕むまで終わらない悪夢の種付け地獄。受胎編&肛虐編、合本で復刊！

姦禁性裁【人妻教師と女社長】　榊原澪央

「旦那さんが帰るまで先生は僕の奴隷なんだよ」夫の出張中、家に入り込み居座り続ける教え子。七日目、帰宅した夫が見たのは変わり果てた妻！

【完全版】大いなる肛姦　結城彩雨　挿画・楡畑雄二

妹を囮に囚われの身になった人妻江美子。怒張&浣腸器で尻肉の奥を抉られた江美子は、船に乗せられ魔都へ…楡畑雄二の挿画とともに名作復刻！

【特別秘蔵版】禁母　神瀬知巳

思春期の少年を悩ませる、四人の淫らな禁母たち。年上の女体に包まれ、癒される最高のバカンス。究極の愛を描く、神瀬知巳の初期の名作が甦る！

フランス書院文庫

【セクシャル休暇】の相手に俺が選ばれた
新入社員×2&女上司
zig

「課長と私、セックスの相性がよすぎですっ!」少子高齢化対策として政府が推進する【セクシャル休暇】。社内の女性は、相手に俺を指名して…。

とろける習い事
人妻カルチャースクール
高岡智空

カルチャー教室の美人講師から受ける甘いレッスン。着付け教室の先生はバック姦に乱れ、絵画教室ではヌードデッサン後に生徒の前で交尾の実践。

合コン行ったら母がいた
サエキヨウスケオルタ

(どうして、合コンに母さんがいるんだよ!)薄化粧した母は、おばさんではなく「女」だった。母と息子は禁断の一線を越え、男女の関係に…。

触ってください したくなる電車
桜庭春一郎

(私、電車の中でハレンチな想像が止まらない)不感症のキャリア女性が、レスに悩む和服美女が、ビッチな処女ギャルが、淫らな衝動を爆発させ…。

才媛三姉妹と肛獣
紫艶

春奈、夏希、美冬…才色兼備の三姉妹が堕ちた、悪魔医師の罠。尻穴の処女を奪われ、色地獄を彷徨った果て、アナル性交を自らねだる奴隷娼婦に。

隣のタワマン母娘【高層調教】
香坂燈也

「こんな負け犬の××で感じるわけが…あぁっ」タワーマンションの三十階に響く、長女麻里の嬌声。セレブ家族を牡肉で支配する下剋上の楼閣!

フランス書院文庫

淫蔵　社長夫人・三穴奴隷
明日葉　煌

都会から来た社長夫人に施される、薄暗い米蔵での性調教。緊縛折檻、プライドを挫くアナル破瓜。農家の中年に嬲られ、美しき若妻は三穴奴隷へ！

とろける妊活　妻の母、妻の姉
相内　凪

「私の身体で子づくりの練習をしてくださいね」妻の母に頭を撫でられ夢中で熟膣に腰を打ちつける誠一。妊活に悩む青年を変えた二人きりの夜！

五人の禁母　息子の女になるとき
桜庭春一郎

息子のアパートで半同棲生活を送る母。マゾの本性を見抜かれる母。アナルを拓かれる貞淑な母…禁忌に溺れ、我が子の牝に堕ちる五匹の淫母たち。

啼かせてください　四人の熟未亡人
音梨はるか

娘婿の射精介助をする美里。教え子に肌を許す双葉…狂わせるほど抱いて、あのひとの記憶を忘れさせて！　久々の情事に啼き乱れる四人の未亡人。

人妻強制子作り新法
御堂　乱

特別少子対策法、通称「托卵法」が成立。被授精対象者の女性に義務付けられる三日間の性交。息子の嫁が義父に、人妻が甥に種付けされる狂宴！

蒼い夜　母さんと姉さんのなかに…
水沢亜生

「焦らないで。ゆっくりでいいの…そこよ」母の指に導かれ肉のくぼみに嵌まる切っ先。仮初めの恋人になった母子。帰省した姉は異変に気づき…。

フランス書院文庫

あの娘よりママとしたいの？
高宮柚希

「ママのことが好きって、本気で言ってるの？」息子の告白に戸惑う未亡人義母・奈緒子。母性愛に飢えた純太を不憫に思い、初体験の相手に…。

上下階のお姉さん
下着の甘い誘惑
美滝しずく

出会いのきっかけはベランダに落ちてきた洗濯物。浮気夫に悩む上階の人妻と溺れる情事。近所のスーパーで働く下の階のシンママとも急接近し…。

鬼王郷の美囚
綺羅 光

湖畔の高級リゾートは魔境の入口だった！編集者の由里愛は大学時代の先輩・彩未と二人旅へ。ホテルでカリスマ投資家の罠が待つとも知らず…。

奴隷母の淫らなつとめ
榊原澪央

「母さんの中、ドロドロして熱いよ…」飲み会から帰宅した母のほろ酔い姿が息子を獣に！腰を振りたてるだけの交尾に、熟した身体は反応し…。

姦魔の棲む家
兄嫁と義母と義妹
鳴沢 巧

「義姉さん、お尻の処女を喪失した感想を聞かせてよ」夫が出勤した後、アナルを犯される日々。32歳を虜にした姦魔の牙は貞淑な義母、義妹へ…。

クラスで2番目に可愛いボーイッシュ幼馴染を俺専用にした話
月見ハク

二泊三日の修学旅行、俺は彼氏持ち幼馴染・アヤの処女を奪った。絶頂漬けにしてでも、アヤを寝取りたかった。eブックスの超話題作、溺愛編！

フランス書院文庫

俺の妹が最高のオカズだった【萌芽編】

風見源一郎

妹モノのエロゲでオナニーしているところを妹に見られて以来、美優は俺のオナニーを手伝ってくれることに。eブックスの超人気作を完全収録！

女友達が未亡人になりまして

懺悔

澪は亡き親友の妻、そして俺がかつて恋していた女。友人の妻に欲情する獣に俺はなりたくない、でも…新世代エース懺悔が贈る泣ける官能小説！

ママが淫らな望みを叶えてあげる 美母と継母と叔母

古城蒼太

母の務めを果たそうと、広紀に身を捧げる熟女たち。互いの献身的な奉仕に刺激され、激しさを増す交尾。三人の「ママ」が誘う、甘すぎる楽園！

弔いの媚肉 未亡人奴隷生活

北野剛雲

夫を亡くした由紀子は娘との生活のため、夫の上司に仕事の斡旋を依頼するが…代償に裸に剝かれ、奴隷契約書にサインさせられ、33歳は肉便器に…。

六人のいやらしすぎる兄嫁

音梨はるか

香澄、美映子、理沙、奈緒、弓恵、真凜…義弟との禁断の情事に溺れる六人の兄嫁たち。清楚な仮面の下に隠していた淫らすぎる本性があらわに…。

15日目、私は魔指に屈した 若妻と隣家の美娘

御前零士

（やあっ、またお尻の間で硬くなって…）毎朝、痴姦に悩む杏美を助けたのは私人逮捕系配信者。ガード役を名乗り出た男が、今度は敵になって…。